U0902320

饕餮书

蔡珠儿 

长江出版传媒 长江文艺出版社

The Foodie Book

食物是一种情感的表达，
一种可以吞咽的幸福。

目 录

CONTENTS

辑三 * 食物之香港氛围

辑四 * 食物之小道可观

说到质地，
最厚实的是杏鲍菇，
肉棒似的，
难怪香港人叫它“鸡腿菇”，
夏天松垮无味，
秋来却鲜甘爽脆，
油炒汤涮皆美，
它又不像其他菇类多水分，
有次我拿来当麻油鸡煮，
意外发现风味绝佳。

菱角也是抗郁良方，
虽然剥壳费工夫，
可是滑口粉嫩，
除了当零嘴吃，
拿来炖排骨或炒咸菜，
荤素皆美。

青萝卜台湾较少见，
长圆而钝，皮肉皆绿，
质地较白萝卜粗硬，
但食疗功效更佳。
待汤锅水沸后置入诸物，
大火滚煮数分钟后转最小火，
盖严慢煲一小时后，
才放入红萝卜。

米酒其实不是酒，
是台湾人开门的第八件事，
和柴米油盐酱醋茶一样是民生必需品，
重要性可能还更胜一筹。
如果缺了米酒，
就无法炮制出道地风味的台菜。

鱼鲜虾贝华人之所嗜，
而大闸蟹又是公认的至味极品，
不仅因其膏腴风味，
更因为长期酝酿的情趣传统，
文学与历史的再现建构，
为大闸蟹渲染出雅逸的美学氛围，
因而由鱼鲜升华为文化象征，
跨越江南成为华人的美食神话。

不管欢乐或痛苦，

热闹或孤寂，

我们都要零食，

有人认为零食是最好的朋友，

有人甚至觉得，

冰淇淋和薯片带来的满足不下于性爱，

而且无须承诺与责任。

即便现在糖果已价廉易得，
爆米花的销量却也不见衰退，
美国人一年要吃掉十亿磅的爆米花，
出口海外的微波玉米更不计其数，
已经成为世界性的仪式食物，
就像球赛已经和啤酒、薯片及热狗分不开了。

很少有食物像月饼，
既浪漫美丽又俗侩不堪，
它不仅是应节食品，
更是人际仪式的祭品，
馅内包藏着复杂的社会权力关系。

推荐序

香格里拉厨房

贝淡宁（Daniel A. Bell）

蜘蛛纵横经纬，宛如织工；蜜蜂营造蜂房，令建筑师相形见绌。然则，最拙劣的建筑师与最优秀的蜜蜂，其分别在于，建筑师树立楼宇于现实之前，先在想象中高举其结构。劳动过程的终结成果，存在于劳动者着手进行之时的想象。劳动者不仅改变了物质的形式，他也发现，目的使得工技产生法则，而他的意志必须服膺于此。——马克思《资本论》第一册

根据马克思的说法，在理想的共产社会中，机器应该代做人类不愿从事的劳动，使人类自由无拘，在工作过程中发现自身的创意。有自觉的工人，会糅合理论与实践，就像建筑师设计并建造楼宇。然而建筑师是否真的建造了楼宇？马克思的例子似乎不尽恰当。建筑师只管设计，不管建造，只有理论并无实践。

珠儿是个更好的例子，更像个有自觉的工人，她是高级料理的理论兼实践者，她思考厨中食材的来龙去脉，也熟谙烹理的工艺。

我有亲身经验可以证明，如果有人质疑生活的意义，珠儿精致的家宴可以提供最明确的答案，生活之道，无以尚之。

去云南的香格里拉旅游时，我开始阅读珠儿此书。香格里拉的确美丽，但却不是真的世外仙境，就像扬州炒饭一样，是由他处杜撰新创出来的。一九三三年，詹姆斯·希尔顿在小说《消失的地平线》中，描绘一个虚构的山间乐土，使得香格里拉名闻遐迩。扬州炒饭本属乌有，却以正统的标准配方大肆宣传；香格里拉虽出自虚构，导游却会领着观光客跑得老远，去看一个二战时的坠机地点，这正是《消失的地平线》开头所写的。（其实希尔顿从没去过中国，而且早在飞机失事的十年前，这本小说就已出版。）

珠儿写台湾米酒，说它很难以其他文化的同类物质来取代，这点和我对噶丹·松赞林寺的观感颇有呼应之处。十七世纪落成的松赞林寺，壮丽可观，然而我感到这并非原装的桃源仙境。

我也看到农人在田间工作，天清气朗，山景多娇，风光如画；在那一刻，我真想用我那颓废的城市生活，来交换这简朴的农村生活。然而珠儿的那篇《外卖年菜，解放内人》，提醒我不可一厢情愿妄加美化。珠儿的母亲虽然巧手烹煮出春节的年菜，但她并不喜欢被迫去做辛苦的家务。与此相反，珠儿的盛宴则是出自爱意的劳动。在一个理想的社会，人们应该是“想要”工作，而非“必须”工作。

吃晚饭的时候，我碰到更偏离“理想”的情况。我们选了一家本地菜的餐馆，亲切家常，几乎就像去别人家里做客吃饭，然而关键字在于“几乎”。就像香港的私房菜纯属商业投机，珠儿称之为“中产阶级的厨房”，香格里拉的家常餐馆也是为了牟利营生，并非为了要与亲朋好友享用美好生活。

珠儿的这本书，让人瞥见“理想”的本质——真正的香格里拉，是一个国家势力衰亡后，经济蓬勃发展的共产社会，或是凡人对于仙境的认定与想象。要充分了解这理想，读者也必须体验珠儿的家宴，或者，读者亦可深受启发，因而创造自己的家宴。这当然大不容易，诚如珠儿指出，当毛泽东把需要艰苦奋斗的革命，和看来轻松容易的请客吃饭做对比时，他显然没有请客吃饭的经验。制备家宴固然不易，却是值得的。就像非典时期的家常食疗，每个人皆可从自己的身世和想象中撷取灵感。

且让盛宴就此开场！

（本文作者为牛津大学哲学博士，原为清华大学哲学系教授，现任山东大学政治学与公共管理学院院长）

自序 ｜ 怪兽、老饕和馋猫

“饕餮”是一种古代怪兽，在生物图鉴和动物园里找不到，它和蛟龙、凤凰、麒麟一样，都是虚构的动物，只生存在文化里，但却活灵活现，不只有鲜明的图样形象，还繁殖出丰富的语意象征。

龙凤麒麟是祥瑞的吉兽，所以“人中之龙”“凤毛麟角”都是好的；而饕餮则是贪食的恶兽，望文生义，字形狰狞，“饕餮之徒”当然不是善类。至于“老饕”，看来虽比较亲切温和，但也不像是好东西。

然而喜欢吃喝、讲究饮食之人，通常被人叫作“老饕”或“美食家”，有时还被当成尊称。我因为写过几篇谈吃食的小文，被朋友误以为会吃懂行，不由分说就被扣下这两顶帽子，吃饭总要我选馆子和点菜，这个没问题，但是帽子就让我很不自在，立刻想摘下来。我那点粗浅皮毛，离“老饕”和“美食家”的境界固然还远得很；而基于疑心和偏见，我对这两个名词都没好感，总觉得字里行间暗藏着讥刺贬抑，就像广东人说的“有骨”。

在我的想象中，“老饕”带有贪意，好像人生无所用心，整天都在找好吃的，一副需索不止、贪得无厌的模样；而“美食家”则带有刁意，让我联想到精乖刁钻、东挑西拣，充满嫌恶和势利的嘴脸。天啊，我虽没出息，但也不想落得那般下场。

但如果不用这两个字，又该怎么说呢？好吃、爱吃、馋人以及粤语的“为食”等字眼，非但粗疏浮泛，而且也有贬义（通常下面紧接着懒做、鬼、猫等字眼）。会吃、善吃、知味或者粤语的“食家”，情况稍好，但档次好像又太高了，不适用于像我这样只是对吃喝煮食有兴趣的普通人。

中国文化以饮食见长，山珍海错田蔬河鲜，煎炒煮炸蒸溜熬炝，食材与烹术洋洋大观，饮馔品目更是精细考究，因而发展出精密发达的专门语汇，唯独对饮食者和饮食态度绝少着笔，即便偶尔提及，总带有浓厚的训诫意味。

“老饕”这个称呼，据说源于苏轼的《老饕赋》，濡染了东坡先生的丰神隽采，老饕本来是美名，然而千载以来，此字仅限于文人的风雅闲事，内涵并未创新升级，经历岁月的风化磨损后，语义逐渐松动掏空，开始带有市井气和轻贬之意。都怪那个饕字太丑怪，然而汉字有数万个，一千多年来，为什么没有出现更理想的称呼？为什么我们一直用那只不存在的怪兽，来指称这么具体切身的饮食行为？

我想，可能因为饮食深受伦理道德的规管，而道德对吃喝是很严厉的。在中文里，喜欢吃喝，要不等于贪嘴（而馋又等于懒，懒又等于混），要不就是专精成家（但不能经世致用，只是闲趣而非正事），不是低抑就是高举，落差太大，欠缺中间的层次等级。

因此，一个喜好吃喝与厨事的普通人，很难在中文里找到适切的形容称呼，勉为其难，我通常说自己是个“食物爱好者”，但这也有语病，一来带洋骚味，二来好像有食皆爱，来者不拒，兜了一大圈，又跌回饕餮的怀抱。

相形之下，英文就好多了，一句“foodie”言简意赅，说来心安理得。Foodie是二十世纪八十年代兴起的口语，源自英美的媒体和城市中产，用以替代古板正经的gourmet和gourmand，用法较为轻松，含义更见宽广。Foodie除了指“对食物有热烈或专精兴趣之人”，也指热衷品尝试菜的内行食客以及喜好搜罗食材和钻研庖艺之人。此外，由于时尚杂志爱用此字，foodie也有赶时髦之意，指追随新潮食风之人。

关于老饕和美食家的用语，英文远多于中文，虽然那些字多数是从法国和希腊借来的。翻查《韦氏大词典》(Merriam-

Webster's Collegiate Dictionary)，常见的有gourmet（精于辨赏的美食家），aristologist（餐饮专家），gourmand（胃口好的美食家），epicure(epicurean，会享福之人），gastrologer（美食学家），gastronome（对饮馔掌故有研究的美食家，亦作gastronomer或gastronomist)，或者从法文原封搬来的bon vivant（讲究美食者）和connoisseur（鉴赏家，包括饮食和艺术）等等，令人眼花缭乱。

饮食之道在于分别心，分判鉴别，辨识品味材质的纤毫之异，修辞亦然。这些用语各有精微差异，例如gourmand暗示食欲好，不挑嘴；epicure强调官能感受，较为挑剔；gastronome偏重知识学养，而bon vivant和connoisseur虽说品位高尚雅致，却有些恃傲之意，近乎势利的food snob了。

而相对于中文，英文对贪嘴就比较宽容了，贪食（gluttony）虽是古代的七宗死罪之一，但现在已没有严厉的谴责之意，贪食者(glutton)指的是饮食过量，而非食欲馋念，其用法有时更是正面的，形容对事物的耽迷酷爱，如a glutton of books就是手不释卷的爱书人。

英文的贪吃与善吃之间，并无鲜明界限，只有模糊些微的差别，很容易就混淆相泯了，例如gourmand，以前指的是暴饮暴食的贪吃者，现在却指美食家，虽然还是大食多量，但已转为正面意义。这倒也符合进化逻辑，如果没经过贪吃的历练，怎能辨异识微，发展出善吃的品位?

不同的社会和文化，在不同的历史时空，对饮食有迥异的价值观，就以贪食来说，在食物匮乏、严禁纵欲和浪费的文化里，这是不可饶恕的死罪。但在富裕的社会，贪食是权力和身份的象征，反而成了可以夸示的行为，发展出庞大的相关产业。把食物放进嘴里，会有各种气味、质感和层次；放进社会和历史里，所透显的正负明暗和角度光影，就更加折射变幻，摇曳迷离了。

这本《饕餮书》，说的不是美食，也不是贪吃，而是食物与人和社会的关系。饮食也许真是一头怪兽，移形换影，光怪陆离，可怖可笑又可爱，而不管这头怪兽变成老饕、馋猫、foodie 还是美食家，它始终不停在咀嚼时间，分泌意义。

二〇〇二年的秋天，杨照找我给《新新闻》写专栏，我向来文思驽钝，下笔磨蹭，那时又要笔耕一个方块，本来应该敬谢不敏，但是他出的题目实在太诱人了，这专栏叫“食物与权力”。我像个馋嘴的小孩见到一座冰淇淋做的雪山，虽然胃纳小食力弱，还是不顾一切栽进去，忘情狂吃。

写了一阵子，巴蛇吞象吃不消，我开始叫苦知惨，题目是不愁的，有关食物的话题和新闻太多了，每天层出不穷，但都是夹泥带沙、纷紊驳杂的粗原料，要从这里面提炼出观点，解读（或者编排？）出文化脉络，析滤出深藏不露而又狡谲飘忽的社会关系，可就戛戛其难了，那段日子，我好像老在赶稿，东翻西找，左思右想，好不容易熬夜交了稿，刚刚喘口气，新的一周又如狼似虎扑来，周刊真是恐怖读物。写了几个月，内外交煎，时间与心力皆有不逮，我只好向杨照告罪，休笔喊停。

收到这本书里的文字，主要就是“食物与权力”那段短暂专栏的结集，时间背景是二〇〇二年到二〇〇三年间，地理背景主要是大陆及港澳台地区，由于地利之便，有不少与香港有关。又因为是写给新闻周刊，我的记者旧癖复发，不免贪热好鲜，抓时效贴新闻，倾力描摹当下的现象事件。相隔数年时移事易，回头再看这些篇章，个中的论述与观点，便显得仓促单薄，不够深入周延，让我颇感虚怯汗颜，想要逐篇重写，无奈木已成舟，时间之河亦已滔滔东去，不复当初情境。

但又不忍一笔勾销，当成呆账处理，因为这里面有些东西，当初胆粗粗、懵查查写下来，虽然粗糙率意，却有一股热情冲劲，即粤语所谓的“有火”；现在也许比那时略识一二，但肯定写不出那种感觉了。凡存在的未必合理，但总是记录和备注，多少是现实的速写剪影，也是我个人的小型食物史。于是捡回来重新整治，补缮修葺循环再用，回锅翻热加料新炒，因成是书。

要感谢杨照以及《新新闻》当时的主编陶令瑜，我在香港深夜赶稿时，她在台北往往也正挑灯夜战，我们经常上网聊天，互相打气说笑，重振工作精神。要感谢杨泽、陈映霞、许悔之、黄芳田等友人，写作过程中，他们慷慨给予的鼓励、批评和意见，在书里和心中，我都深深铭记。

辑一

食物之春秋代序

*

台式烧肉粽是我的乡土情结，也是私密的骄傲和偏执，包粽的过程令我不仅释放乡愁重建记忆，也抒发对厨艺的狂热激情，铭印烙记一往情深。

·· 粽子、傻子与魔镜

立夏之后，酒楼饼铺开始卖粽子，粤人犹存古风，惯于把“粽”写成“糉”，店头和报章触目皆是斗大的糉字，豆沙糉、莲蓉糉、瑶柱糉、鲍鱼糉、火腿糉、烧鸭糉……猛一看我总以为是“傻”字，常被这些突然冒出来的“傻子”吓一跳，继而暗自偷笑。对啊，糉子和傻子果然相去不远，因为每年包糉子的时候，我就成了傻子，走神失魂痴痴呆呆，心心念念只记挂着这件事。

包粽子是大工程，虽然我每年只包一种台式的八宝肉粽，费尽吃奶力气亦仅做出四五十个，但是却要忙乱好几天，秣马厉兵如临大敌，沉浸在紧张亢奋的情绪中，久久难以平复。表面看起来是制备食物，其实是进行一场神秘的自我陷溺仪式，在烹饪的正当掩护下，我为所欲为，恣意把狂野躁虑以及凄惶低回的诸般心绪，收摄于馅料内掺搅入糯米中，紧紧包藏在粽叶围砌的角锥空间内，蒸煮消融狠狠发泄。

包粽的仪式肇始于采买选料。首先去上环的海味干货街，一年一度的盛典，我一定精挑最好最新鲜的食材：一级泰国虾米、赤红的金华火腿、圆肥易酥的花生、饱满甜糯的北方板栗、味浓质腴的日本花菇以及硕大鲜香的北海道干贝。办齐干货就转战街市，红葱头要挑光致紧实的，粽叶要选淡绿清香而完整的，咸蛋黄要橙红透亮的，至于最重要的五花腩肉，早已交代熟识的肉贩预留好肉，他把粉红脂白层层分明的肉摔在砧板上给我看，满脸得色："靓到飞起！"照例要他剖成长条刮净猪皮，临走前他叮嘱我："下次记得拎一粒来俾我食啊。"我也照例答应，但总是一转身就忘了，因为满心只想着我的粽子。

不放心，回家再用钳子细拔五花肉，确定六根清净后才洗好，切成两寸见方的肉块，放入玻璃盆中，以姜片、天津玫瑰露和上好老抽浸泡，放进冰箱。腌一两日后取出来，以厨纸拭干，热沸油锅大火快炸，温度要高速度要快，见微褐即捞起，迅速扔入冰水中浸冷，继而反复冲洗以抽脂除油。

写来只清清淡淡十数字，现场却鸡飞狗跳、刀光剑影。

然而苦尽甘来，捞出肉块另置广口汤锅，加入八角、蒜头、黄酒，倾以龟甲万和壶底油淹过肉面，开卤后就渐入佳境，小火焖上半个钟头已肉香四溢，连猫都跑来厨房馋得大叫。一般卤肉要煮上一两个小时，但这肉煨上三四十分钟即可，因为包入粽子后还要煮两个小时，太软烂反而减损肉质的腴美弹性。

这锅卤肉正是粽子的精华与灵魂。五花肉统摄了馅料的命题主调，卤肉汁缩结了米和馅的质地风华，并提吊出诸物的气味，参差对位融为一体，实在太重要了，一般肉粽多半包入酱油五香腌过的生肉，我却固执地认定非卤一锅好肉不可，否则粽身会像油饭般，香则香矣，但缺乏坚实的调性和深长的余韵。这锅肉在包粽的三天前就要动手，因为卤好后还要放上一两天，务求淋漓尽致彻底入味。

而这一两天也不能闲着，买回的干货要一一泡发制备，工序烦琐漫长，最需音乐滋润救赎，足够听完十出歌剧、三套大提琴全集，外加八张蓝调。开大厨房的音响，在泣诉咏叹或琴弦铮鏦中，往发涨的干贝上洒些清酒，和火腿并列上锅蒸软；泡开的花菇洗净剪蒂，另起锅用酱油蚝油红烧，有人为省事把它们丢入肉锅同卤，然而肉和菇都是霸道浓腴之物，我怕两强相争失损本性，宁可多道程序。

咸蛋黄最简单，剪开真空包装，每粒对切两半即可。唉，这是我唯一妥协的食材，现成的当然风味较逊，不过买咸蛋来剥委实痛苦，有一年我从街市买了二三十只咸蛋，坐船回家已破了数只，其余的要一个个处理，先洗净围裹蛋身的厚厚黑泥，敲破蛋壳取出蛋黄，再切成对半，洗得我腰酸背痛，浑身蛋味，余悸犹存，决定下次不玩，老老实实买人家剥好风干的。

其他如虾米、花生、栗子、粽叶皆须浸泡，时间短长却各不同，虾米泡半小时就要取出，以免流失鲜味，粽叶则要浸上一晚才能软熟，花生和栗子较麻烦，浸好后要用热水烫以便去皮膜。花生衣还好，搓剥后应声而落，一斤豆半小时可搞定，栗子就讨厌了，半斤要埋头苦干两小时，因为栗衣残存在曲折幽深的皱褶里，须用长针一一挑出，顺便检视是否有虫瘿硬化，坏了的栗仁既不香甜也蒸不烂，足以败事。我试过用新鲜栗子，蛀坏较少但甜糯不如干栗，大约因为夏季不当令。以前住伦敦时，秋深常去附近的汉普斯特德公园

(Hampstead Heath) 捡栗子，剥壳去皮取来包粽子，弄得指甲红肿痛几天，剥出的栗仁瘦得可怜，虽然滋味美极了，却是不可复得的即兴之举。

然后是流泪时间，要做油葱酥。橱子里虽还有半包台湾带来的，然而为求新鲜，我坚持自讨苦吃另外新做，一颗颗洗净红葱头，剥去带黑点霉斑的葱肉，被呛得视线逐渐模糊，等到细细切成一大盆时，已经涕泗滂沱，如果正巧碰上歌剧在生离死别的关头，干脆就哭它一场。抹完脸平息下来，热油锅里把虾米和红葱丝干煸，用小火慢条斯理逼出香味，加入胡椒粉和酱油渲染加强，收干后盛起放凉，和香菇、栗子、干贝等物一碗碗分开收好，就此休息收摊，养蓄体力留待明日决战。

翌日先淘洗浸泡泰国糯米，接着把浸好的粽叶一片片刷洗干净，棉绳一段段剪好，糯米去水滤干。端出卤肉锅，夹出肉块来切成两半——这是我的经验，卤制时切成小块容易老韧，卤好再切才能留存肉汁，定型后亦更均匀。搬出我开派对用的巨型汤锅，倾进糯米拌入卤肉汁，如果卤炖时比例和火候适当，肉汁应光亮浓香带黏稠，和糯米的清香绸缪缠绵，而加入去皮花生仁及虾米油葱酥后，更是香美不可言。

猫又来厨房打转，不断发出既焦虑又幸福的咕噜声。

前几年我做的是北部粽，先把糯米炒到半熟再包，容易塑形也较快熟，可是此地买到的泰国糯米过于软烂，炒不了一会就碎裂，煮出来沾黏成团口感欠佳。今年我决定采用南部粽的做法，生米包粽难度较高，不过这正是我最沾沾自喜的手工，我的粽子既要味道丰腴华丽，形体也讲究秀美典雅呢。

取出八宝馅料一字排开，把两片粽叶折成斗状，在糯米中包入一只香菇、半个咸蛋黄、两颗栗子、一片火腿、半块干贝，覆下粽叶反转折叠，一边用棉线紧紧裹起，一边调整形状，稍有歪斜就拆掉重做，因为我要每个粽子都是立体分明的四角锥，都有既尖峭又饱满的棱角。

“喂，你看这个角多美多紧俏啊……”我拿起粽子对着猫自夸自叹，像握着魔镜的巫婆，张牙舞爪飞扬跋扈，无限膨胀肥大，灌满了自恋的热空气。生平浑噩乏善可陈，唯有此刻最为猖狂骄傲，我在粽子里蓦见灵光，找到人生成就，飘然远举天外九万里。

得意是有一点点理由的，我的粽子手工不是源自家学，也非始于少女时代，而是十多年前移居海外，将届中年才自己摸索出来的。凭着乡愁牵动的馋嘴、烧肉粽的味觉记忆，以及一本傅培梅食谱，在那个黄叶满地的伦敦深秋，我第一次包粽子竟然就瞎打误撞地成功了。在此之前，我模糊记得八九岁时似乎包过一个，后来妈妈热衷于宗教，家里就没包过肉粽，没料到二十多年后因缘汇聚，我会在异国用中国粽叶、泰国糯米、越南虾米、英国栗子、西班牙火腿、日本香菇和苏格兰干贝，做出朋友都说很像的台式烧肉粽。而我也乐得做粽子到处分送伦敦的台湾朋友，乡味互哺，相濡以沫。

台式烧肉粽是我的乡土情结，也是私密的骄傲和偏执，包粽的过程令我不仅释放乡愁重建记忆，也抒发对厨艺的狂热激情，铭印烙记一往情深，即使后来搬到香港，我也不愿改包其实更省事易做的裹蒸粽，嫌它样子粗蠢味道杂混。至于长形的江浙粽，则又过于单调无料，满实的糯米一下就把人塞饱，了无余味。因为对烧肉粽的恋执，我对包粽的食材配料和做法程序吹毛求疵，百般挑剔，自满自大，无限耽溺。还好发作时间只有几天，地点也仅限于厨房。

一边哼歌，一边漫想，四十多个粽子一个半小时就包完了，放入锅中以大火煮两小时，再焖一小时，大功就告成了。放凉后取出检视，摩挲着棱角粽身，又是一番得意扬扬，收入袋中妥善冰藏后，开始打电话，约朋友见面送粽子。陆续几天分批送完，魔镜没有了，自恋的热空气也挥发殆尽，我不痴不傻又正常起来，仪式终于结束了。

·· 二十四张秘密菜单

秋分过后，苋菜蕹菜开始粗韧，豇豆松垮“走仁”，苦瓜不苦，丝瓜不甜，嚼来已有筋络。等到寒露和霜降后，所有夏季瓜菜都已惫老多渣，是时候挥别清甜多汁的记忆，迎接软熟深黄的秋季滋味。水果摊是最早觉察的，娇红的柿子、米白的雪梨、脂黄的沙田柚，还有一种郁青色的小圆橙，专用来剥皮晒陈皮，果贩挂起一串串翻白的果皮，街市弥漫着柑橘的精油香气。

果摊还兼卖青橄榄、菱角、熟花生和栗子，这时节的栗子最好，又香又甜柔糯可口，用来做栗子烧肉浓郁肥美，焖栗子白菜则清鲜有味，或者用菜饭的做法煮成栗子饭，当然还可以做甜点，栗子馅饼、栗子椰汁黑糯米，丰腴浓厚的口感和热量，最宜疗治东北风初起的季节忧郁。菱角也是抗郁良方，虽然剥壳费工夫，可是滑口粉嫩，除了当零嘴吃，拿来炖排骨或炒咸菜，荤素皆美。

阔别多时的茼蒿、豆苗和西洋菜又露面了，今晚炒哪样尝鲜呢？转眼看到深翠肥壮的菠菜，更加三心二意。还有各种菇菌呢，暑热时削薄无滋味，秋凉之后才变得肥美多肉，蚝菇、香菇、杏鲍菇、秀珍菇、茶树菇（台湾叫柳松菇），都是这时的季节佳味，随便煮煮就美味天成。可是有好食材怎舍得随便煮，总要想方设法好好利用，有年秋天在京都吃到“松茸饭”，回来就用本菇（又名灵芝菇）和杏鲍菇做，杂以栗子和银杏，虽然稍逊松茸的香气与质感，滋味却更丰富鲜甜，吃来满口深秋气息。

管他什么二十一世纪，我还是用汉朝的二十四节气在过日子，因为只有这样才能掌握食物的“时效”，这张节气表是农业时代流传下来的秘密菜单。得时当令的鱼鲜瓜菜，不仅味道最好，肥料农药少，而且带来推移流转的时间感，在例行单调的餐食章节间，加上姿彩各异的眉批夹注，饮食才不只有疗饥维生的功能，还是和自然呼应、攸关的生命活动。

表面看起来，我们很有季节感，秋天吃大闸蟹，冬天吃羊肉炉和姜母鸭，广东人秋来吃五蛇羹和羊腩煲，冬初吃禾花雀和煲仔饭；然而，这都是换季应景的特别节目，兴来偶一为之，并非平日的家常饭菜。我们日常的饮食生活，并没有强烈的季节痕迹，一年到头都有鲳鱼、白菜、洋葱、猪肝和草虾，春夏秋冬吃的菜色并没有很大差异。

古人对于食物的时令感，就比我们灵敏多了，时令感源起于农获的收成节序，例如《诗经》的“七月食瓜，八月断壶（摘葫芦瓜），九月叔苴（收芝麻）”，后来进一步形成天人合一的养生观，被赋予文化意义，因而孔子明言“不时不食”。晋朝的张翰有秋风莼鲈之思，元人贾铭写的《饮食须知》更说：“一年二十四节气，水之气味随之变迁，天地气候相感。”连水都有时令性，立春清明打来的“神水”久留不坏，但芒种白露取得的水则有毒，酿酒醋必败。美食家袁枚就更重视时节了：“……萝卜过时则心空，山笋过时则味苦，刀鲚过时则骨硬，所谓四时之序，成功者退，精华已竭，褰裳去之也。”

比起古人受限于自然条件而衍生的时间感，我们当然幸福自由多了，在高度资本化的年代，农产品早就是规格化的量产商品，农业改良和生物科技又新异精进，不断改变果菜的品种、产季甚或特性，打破四季节令的限制。再加上全球化日趋深密，贸易与人际的交流渗透，使地理畛域的区隔渐形模糊，连带也将食物的时间性变得薄弱，南北半球季节互补，温带热带互通有无，草莓不再是春天特有，黑珍珠莲雾也不仅见于台湾，食物从自然与时空的囿限中解放出来。

所以我们予取予求，不虞匮乏充满选择，处处是流奶与蜜的迦南之地，听来似乎美好，其实暗藏诡异。这几年台湾的农产品虽已受到大陆货的冲击，但毕竟有丰富多样的本土物产，不像香港主要来自进口，且是高度的商品市场，不必等世贸组织入境扫荡，早已是全球化的食物集中营，规格齐整品类统一，然而了无生机意趣。

香港的超市，终年有香蕉、凤梨、草莓、粤人叫提子的葡萄、青红各色苹果，以及满坑满谷我们叫香吉士的加州橙等，悉数是舶来品。香蕉、凤梨来自中南美的香蕉共和国，被冰冷的长途货柜冻得奄奄一息，毫无热带水果的暖香；草莓春夏来自美国，入秋转为澳洲或新西兰货，冬天则是老远来的埃及货；青葡萄就更可观了，由夏而春，依次由美国、西班牙、墨西哥、智利、南非等地轮流递换，永不断货，然而也从无惊喜，只有甜一点酸一些的分别。经过大规模的商业种植、提早采收装箱运输，在低温中经历漫长旅程，水果的姿色虽仍鲜丽，香味质地却已大为失色，滋味有如冷冻肉般呆板无生命。

蔬菜的情况稍好，但被经销商和大超市垄断控制，几乎全是大陆货，菜种只有主流，少见另类，终年都是菜心、小棠菜（青江菜）、白菜仔、生菜（卷叶萵苣）、西兰花（青花菜）等等，市场餐馆，来来去去全是这几种，叫人腻得发慌。奇怪的是香港人浑然不觉，每天吃蚝油菜心也不嫌烦。

我可忍受不了，宁可搭船坐车，老远跑到各地街市（传统菜市场），寻找既当令又特别的蔬果，诸如夏天的鲜荷叶和夜香花，秋天的各色菇菌，初春的荠菜、苜蓿和鲜笋。香港街市里，必有一两家菜摊专卖“新界菜”，价钱比大陆菜贵，较为鲜嫩安全但种类并无二致，要找多样另类的食材，还得到不同地区的街市跑腿巡访，煞费工夫不仅为了买一把菜，还为了感受市场里浓烈的季节感。可惜香港毕竟是商业城市，不像法国南部和意大利小镇，有本地的农产赶集，日本的山区村镇也有“山市”，村民定期售卖或交换自种蔬果，既有滋味又有情味。

在伦敦和香港买了这些年菜，我越发怀念台湾香味扑鼻的水果摊，以及品种繁多、新鲜有味的菜市场，不管是市郊菜或“下港菜”，都未被冷冻运输伤损味道质地，四季流转的节令感丰富多姿，各地乡镇更有各具特色的土产食物。然而随着世贸组织的实施开放，全球大量生产的廉价作物涌来，本地土产不知命运如何？台湾菜市的风貌，会不会很快就变得像香港呢？四时如一，价位供需操控分配，那时岂止时令性荡然无存，食物的品味质感，恐怕也将日渐风干了。

麻油菇与杂锦菇

台湾深秋的美味之物，还有莲藕、茭白、麻竹笋和芋头等，不过菇类最为简便易得。生鲜的香菇和花菇味香肉厚，切片炒太无趣，裹浆炸成天妇罗，或者用蒜蓉奶油焗烤，才能尽显丰肥柔滑的质地。说到质地，最厚实的是杏鲍菇，肉棒似的，难怪香港人叫它“鸡腿菇”，夏天松垮无味，秋来却鲜甘爽脆，油炒汤涮皆美，它又不像其他菇类多水分，有次我拿来当麻油鸡煮，意外发现风味绝佳。

方法非常简单，以文火用黑麻油爆香姜片，待姜片呈赤褐色，便倒入切厚片的杏鲍菇，中火翻炒数分钟后开大火，倒入米酒焖煮约十分钟，待汤汁浓稠即成，无须加盐，鲜味与口感皆不亚于麻油鸡。菇类吸油，少了干涩不香润，半斤菇需小半碗麻油，要注意麻油易焦，爆姜片务必以小火慢焙。

还有一道简易快捷的杂锦菇，鲜味丽质天成，适宜用来拌面或烩饭。可用个头较小的菇菌来做，草菇、洋菇、金菇、秀珍菇、柳松菇等顺手随意拈来，洗净略切后放入油锅（记得油需多而热），大火炒至软身出水，倾入些许荫油（或一般酱油），略洒几滴绍酒助香，炒匀后煮数分钟即可，久煮有损菇类的脆嫩肌质。喜欢浓味者，可先以蒜粒、红葱头甚或虾米爆香，但吃原味版才能尝出清丽质地。

·· 忧郁的老火汤

秋分后，蒸郁的热气渐渐沉淀下来，可厌的湿黏消失了，取而代之的是一股阳光香的干爽，不过干爽过了头也不好，硬而燥的天气最伤鼻喉。见菜摊上有新鲜的青橄榄，于是买回来和南北杏、青萝卜及排骨煲汤，汤汁微涩小苦，不过可以清喉解毒防感冒，这叫“青龙白虎汤”，是粤人秋令常喝的汤水，馆子不常有，只能自家做。

南方燥热，换季不急着添衣，倒是家常的汤水要更时改令，换上湿润滋补的种类，以调理经过一夏耗损的体质，夏日的冬瓜荷叶汤、老黄瓜赤小豆汤、罗汉果葛菜水等，已嫌清冷虚凉，要改以养气润燥的青红萝卜瘦肉汤、番茄马铃薯牛肉汤，以及据说可以退火的咸鱼头豆腐汤，活血行气的粉葛鲮鱼汤，生津止咳的苹果雪梨汤，清痰消炎的鱼腥草杏仁猪肺汤，还有说是可以解燥除烦的芥菜咸蛋猪肝汤——我做过几次，汤倒是咸鲜有味，可是喝完了烦躁一点没少。

不过，即便半信半疑或难以置信，我还是入境问俗奉行如仪，兴冲冲照着节令规矩煲汤，一来喜欢菜色口味有季节变化，因为当令的食材必定最为鲜美滋养，二来你也明白，大约人到一定年纪后就“宁可信其有”，开始相信民俗食疗，反正广东汤风味鲜冽，本身已是可口嘉馔，如果碰巧还有点补效，不更两全皆美？再说每天都要吃饭，笃信汤水有益，满怀期待珍而重之喝下去，长期自我催眠暗示，多少总会有好结果吧？就像女人的护肤保养品，那些果酸活细胞什么的，未必有效，但是早晚虔敬敷施，在专注与自恋的仪式中，冥想的意志力说不定真能激发分泌，焕发容光。

而饮汤当然比涂晚霜复杂多了，一碗广东汤不只滋补有营养，还代表了家庭伦理的网络，是液态的亲情，流质的幸福。每家都有独特的祖传或私房汤方，最好喝的汤一定是妈妈或太太煲的，对广东人而言，汤水是奶水的延续，一辈子都戒断不了，从小喝到老，每餐必有无日或忘。

不过“住家汤”到底难得，有慈母或“闲”妻坐镇主馈，能够日日煲汤的家庭并不多，中产之家还能调教训练菲佣，为生活奔忙的人家就只能望煲兴叹了。餐馆的例汤是大锅粗制，所以“仿家常汤水”应运而生，中环铜锣湾的金融商业区这两年兴起“老火汤速递”，以讲究的器皿盛着煲炖数小时的靓汤，午餐时分专人送到写字楼，让白领阶层可以边开会边喝汤，尤其受女性欢迎，生意兴隆，还被官员称许为创业楷模。而全港最大的连锁超市“百佳”，也推出“老火大碗汤”，以传统瓦煲分装大电锅煲煮的汤，经济廉宜，吸引不少下班后匆匆来买菜的小市民。

这种大碗汤自然精致不到哪里去，然而有汤可喝已算不坏，金融风暴后经济不景气，失业率高涨，香港有愈来愈多人无汤可喝，“天赋汤权”惨被剥夺。香港的“贫穷线”定义为家庭每月开支低于港币三千七百五十元（台币约一万五千元），而根据二〇〇二年的调查，全港的贫穷户约有四十五万个，以每户三点一个人估算，共有一百五十万人在贫穷线下挣扎，占全港人口逾两成，亦即每五个港人就有一个是赤贫户，数量惊人，比五年前增多近一倍。台湾这几年虽也饱受衰敝之苦，但二〇〇二年主计处公布的全台低收入户，也就是十六万三千人，占总人口比例不到百分之一，相形之下，香港的景况更显严峻。

港台两地对贫穷的定义容或不同，然而贫穷与食物的关系却是原始而赤裸的，“民有饥色，野有饿殍”的惨状虽已少见，现代社会却始终不乏食物匮乏、营养不良的族群。所谓贫穷线，即是以食物开支占家庭总开支的比例来量度，食物支出的比例愈大，其他开销便愈少，贫穷程度愈高。然而调查显示，香港贫穷户的食物支出有下降趋势，香港中文大学社会系的“贫穷专家”黄洪分析，这并不表示贫穷程度减低，只是反映房价租金高踞，穷人须更撙节家用，只好“缩食”以对。

在经济拮据的情况下，贫穷户买公仔面、十元一堆的廉价鱼或冷冻鸡翅膀，就是一家人吃上两三餐的口粮，能够煮点肉片蛋花之类的“滚汤”就算不错，煲汤已成奢侈之举。一锅老火汤乍看所费无几，其实成本不低，肉骨瓜菜须扎实丰富。火候要足而久，所谓“煲三炖四”，至少三四个小时才够味。严格来说，住家老火汤之所以醇洌美味，不在于烹调技巧，在于丰足无欺的食材与火候，当然还有人工精力与时间成本，只是后者常被扣上感情或爱心的光环，从未被折算为合理的劳力价值。

贫穷户因家计拮据没有汤喝，一般上班族则深恐失业，忙于自我增值而工时加长，更无暇煲汤饮汤，原来“干塘”的不只是钱包，还有饭桌上的汤碗，而没有汤喝的精神打击，比身体欠缺滋养还严重，因为这意味着生活水准和家庭品质低落。二〇〇二年，几个基层女性团体忍无可忍，组成“平等机会妇女联席”，到政府总部抗议，献上数道靓汤给财政司长梁锦松，希望他饮汤知味，了解妇女既失业又没汤可煲的苦况。这张汤单充满双关与引喻，颇值一录：

·劳苦汤：以苦瓜干（辛苦）、猪骨（工多钱少）、无盐（无尊严）等煲成，寓意中年妇女找工作难。

·失业湿滞汤：材料有黄连（苦到入心）、白果（找不到工作，粤人称碰壁为食白果）、蝉蜕（视女工如脱壳敝物）、鱼骨（鱼肉已被财团瓜分）等。

·苦霉酸缩汤：酸菜（辛酸）、榨菜（生活况味既咸又辣）、鸡骨（无肉可食）等，寓意政府削减福利金，单亲家庭生活艰难。

·无色无味汤：淮山（工作堆积如山）、芹菜（辛勤做无酬家务）、菜干（面黄肌瘦）等，寓意家庭主妇无福利及社区支援。

·财政汤：生熟地（两性兼顾）、金钱龟（财力）、猪心

（有决心）、茨实（实在）及树根（照顾基层），呼吁政府务实正视基层妇女问题。

这五道汤虽有创意，可是一望而知不太好喝，我还是回去煮我的“青龙白虎汤”吧。在这个秋雨簌簌飞落、橄榄香悠悠飘出的傍晚，有汤可煲是种何等的幸福和奢侈，香港千门万户，不知有多少汤锅，此刻还是空空冷冷的。

青红萝卜猪腱汤

汤汁甘甜可口，质地温和清润，材料廉宜易得，这是最家常的广东汤水，深受港人喜爱，不只秋天，一年四季皆常饮此汤。做法简便，可视为广东煲汤的基本型，掌握原则后，将其中食材灵活替换，如猪腱换为牛腩或陈肾（干鸭胗），素食者可用银耳，红萝卜换成梨子、苹果或南瓜等，可变化出无穷的花款。

材料是猪腱肉或瘦肉一斤、青红萝卜各一条，另需蜜枣、南北杏、陈皮些许。青萝卜台湾较少见，长圆而钝，皮肉皆绿，质地较白萝卜粗硬，但食疗功效更佳，粤人相信它能清涤“肺胃热毒”，还可解煤气和炭气引致的“心火毒”。找不到青萝卜可用白萝卜代替，但注意它较“寒凉破气”。

猪腱无须分切，入锅烫除血水去腥，青红萝卜去皮切大块，洗净蜜枣、南北杏，以开水泡软陈皮，记得刮去陈皮的内瓤，粤人认为其性湿热，有碍汤效。待汤锅水沸后置入诸物，但留下红萝卜，大火滚煮数分钟后转最小火，盖严慢煲一小时后，才放入红萝卜，免其绵烂溶散，如用梨子苹果亦然。

煲足两小时后熄火，最好把汤原封搁上一阵子，以保肉和萝卜浸润收汁，更为软熟入味。等上桌前才开盖撒盐调味，过早下盐汤会变老，失却甜鲜原味。广东人喜欢喝净汤，把“汤渣”捞起另放，腱肉剥撕成条拌点蚝油，又是一道菜，但我还是喜欢连汤带料喝。

·· 切一片月亮尝尝

父亲在机构管工程招标，小时候每到中秋节，家里常有包商送来月饼和果篮，豪华的六角彩绘礼盒，拨开红灿灿的“金葱（玻璃纸丝）”，盒底常有一封厚厚的红包。果篮还有希望留下，月饼翌日就被上班的父亲带走了，不管我们怎么吵都回不来，虽然母亲从饼铺买来“绿豆椪”和“凤梨月”，但哪里比得上那蜜黄晶亮的失踪月饼。年年如此，因为吃不到，那种想象的美味越发馋惑诱人，一直到现在，我还是嗜吃甜腻的广式月饼，而且总忍不住要掀开饼身翻查盒底，看看是否藏着红包。

很少有食物像月饼，既浪漫美丽又俗侩不堪，它不仅是应节食品，更是人际仪式的祭品，馅内包藏着复杂的社会权力关系。一般人买年糕、汤圆、粽子和红龟粿等过节食品，总是带回家吃，但月饼却买来送人，甚或多次转送，形成一种流动的再分配，而不管最后失踪还是留下，月饼都因而衍生出复杂的交换价值。而且汤圆粽子一年到头有得买，仪式意义逐渐流失，月饼却是人情世故的特殊期货，必须掌握契机及时交易，一到农历八月十六就全面崩盘，充满时令的仪式性。

所以对产销者而言，每年的“月饼大战”都是一场冒险刺激的豪赌，赌景气、赌商机、赌行销策略，赌变化莫测的口味与人心，月饼是华人独有的经济现象，其奥妙远非西方圣诞节的甜馅饼（mince pie）或圣诞糕（Christmas pudding）能望项背。

当然月饼不是一般投机商品，是以民族神话为原料，经由历史长期烘焙出来的。有人说月饼源自唐代，唐太宗派李靖平定突厥后，长安城里的吐蕃商人献圆饼贺捷，太宗以之祭月后和百官分食，尔后相沿成风。更普遍的传奇则是“杀鞑子”，元朝盐商张士诚秘密串联盐丁和农民，以暗藏纸条的圆饼分送各家，约定中秋举事起义，终于推翻蒙元统治。你闻到了吗？这两个传说都发散出浓厚的“异”味，抵御异族外侮，维系汉裔的国族神话，政治意味像过多油糖的馅肉，腻人得很。

我尤其怀疑这个杀鞑子的故事。因为：

• 月饼那么油，高温与油渍会让纸上字迹漫漶，看不清写了什么。

• 但如果少用油糖，采用唐人街幸运签饼的烘烤法，就会干硬无风味。

• 那时的汉人社区有派驻监视的蒙古人，如果好死不死，恰巧被一个喜欢甜食又懂汉字的鞑子吃到了，岂不坏事？

• 没有更好的方法吗，例如密码、暗号、耳语或者血书？

其实揆诸正典，中国早在先秦即有拜月习俗，不过出于自然崇拜，魏晋时代开始才有赏月之风，隋朝还有“月华饭”应景，唐代则将中秋定为节日，百姓大啖“玩月羹”助兴。宋人更热衷玩月，《东京梦华录》记载当时汴京民众通宵作乐，饮酒食蟹吃水果，但却未见月饼之名。苏东坡虽有诗云“小饼如嚼月，中有酥与饴”，但只是普通祭月糕点，尚未发展出月饼的形式与意涵。

一直到明代才出现中秋吃月饼的风俗，当时的笔记《西湖游览志余》提到，中秋节“民间以月饼相遗，取团圆之意”。而《帝京景物略》则说：“月饼月果，戚属馈相报，饼有径二尺者。”另一笔记《臞仙神隐书》也提到：“（中秋夜）乃造太饼一枚，众共食之，谓之八月求团圆。”可见月饼虽源出元代之后，但用意却是民间的团圆欢聚，和政治并无瓜葛。

从这些早期的记载还可见到，月饼一开始就是相互馈赠的社交礼物，而且分量颇大，必须众人分而食之，蕴含了中国伦常与共食制度的精神，和现代月饼愈做愈小的趋势大相径庭。由明至清，这种大月饼还盛行了几百年，《红楼梦》中贾母吃的“内造瓜仁油松穰月饼”，出自宫廷御赐，据考证就是个直径二尺、重十公斤的大月饼。

虽是皇室御食，我想这种大饼的滋味大概好不到哪里去，一来因为量大则粗，难以细致考究；二来深受满人影响的北京糕点不免寒陋，二十世纪二十年代周作人在《北京的茶食》

一文中就说过：“……可怜现在的中国生活，却是极端地干燥粗鄙，别的不说，我在北京彷徨了十年，终未曾吃到好点心。”京式月饼甚至成为笑柄，老北京最爱说个笑话，有人买了块京式月饼，过马路时闪避来车，不小心掉在路上，车子辗过月饼，路面被压得凹陷下去，月饼倒是毫发未损完整无缺。

不过这已是往事了，自从二十世纪七十年代中期，北京开始有皮薄馅软的广式月饼后，粗硬的京式月饼逐渐式微，这种“压马路”的硬皮老饼已渐罕见。而广式月饼不只压倒京式，连南方的苏浙口味亦被横扫，根据二〇〇一年大陆的统计，江苏南京及附近省县的本地月饼销量大减，被广东和上海来的外省口味取而代之。而台湾的广式月饼虽没有蔚为热潮，但多年来一直形象优质，有成熟稳定的市场。传统口味的月饼，不过就是京苏闽广这几大系，广式口味得以强势取胜，不只因为风味腴美制作讲究，更有坚固的市场经济因素。

广式月饼的高度市场化，充分展现在香港的商业模式上。一般的“月饼大战”顶多一个半月前开阵喊打，香港的饼市却在三个月前就擂起战鼓。端午节的第二天，粽子还没吃完，报章、地铁站、电视上已到处可见月饼广告，尤其是荣华饼家那幅蓝边红牡丹的招牌海报，斗大的红字写着“行船争解缆，月饼我卖先”，对仗莫名其妙，但却是港人“行得快，好世界”的鲜明写照。虽然提早开市，但卖的不是月饼，而是有折扣优惠的月饼券，卖到中秋前一个月就恢复原价，以鼓励消费者“一早买定”。

买家提前预购，乐得省钱有“着数（占便宜）”，饼商不但能预估产销数量，控制成本减低耗费，还可用提早收到的现金周转流通，而月饼券的前身“月饼会”，更是这种预缴消费的鼻祖。

香港的月饼会始自二十世纪五十年代，当时一盒高级月饼相当于打工仔月薪的一成，送礼风气又远胜今日，客户、老板和长辈都要打点周到，搞得升斗小民捉襟见肘，家计紧绌。饼商于是结合标会和贷款的模式，推出分期摊付的“月饼会”，入会者从农历八月开始“供会（缴交会款）”，每月一期供满十二期后，翌年中秋便可领到一批月饼。以供会方式买月饼，折扣高达五六折，不但经济实惠而且有储蓄功能，饼商还会发一本类似存折的“会折”，认折不认人。

当然也有风险，如果被无良店家倒会可就惨了。听说当时有人辛苦供完会，中秋前夕满怀高兴去领饼，谁知饼店已经倒闭，小市民当场号啕大哭。而二十世纪九十年代新兴的饼券，其实也不比月饼会可靠，几年前超群饼店宣告倒闭，还引发饼券的“挤提”风波，不仅超群各分店外万人空巷，彻夜大排长龙急着换饼，其他的连锁饼店也被波及，全港到处可见拎着一盒盒糕饼的路人，把我看得目瞪口呆。

月饼会曾经在香港盛行一时，但随着消费力大幅提高，送礼形态多样化，二十世纪八十年代后已然没落。也许更根本的原因是月饼没落了，尤其是传统月饼，愿意吃的人愈来愈少了，每年中秋总有媒体访问专家，谆谆告诫大家少吃点，免得平添糖分、脂肪、胆固醇，跟自己过不去。

可是我决意不理。沏壶上好龙井，放张心爱蓝调，坐在午后微雨的阳台，慢条斯理切开那只白莲蓉四黄月，一口口细吃。莲蓉像春雪融化在舌面，蛋黄是酥软的夕阳，浓稠的甜味像巨浪，卷来迷乱如雨的狂喜，由舌入心彻底放纵。

这个世界如此“干燥粗鄙”，每年至少有一天，我们需要放肆丰恣的甜腻，放过自己吧。

辑二

食物之身世查考

*

中国人吃大闸蟹，可以出神入化吃到最幽微的滋味，但所谓情趣传统，何尝不是一种麻醉耽溺？世局如麻治丝益棼，只好埋头细啃大闸蟹，在蟹壳里编故事。

·· 满汉全席清宫秀

好像每隔一阵子，就会出现“满汉全席”，惹来纷纷议论。二〇〇三年初，一位广东商人在西安摆下满汉盛宴，一席吃掉三十六万六千元人民币，无论茶酒割烹排场，皆极尽精洁华贵之能事，引来各方侧目，艳羡与炮轰兼而有之。

此类盛事，以往总要大张旗鼓，这次却颇为低调，连菜单都秘而不宣，仅只透露一二，越发惹人遐想。其一的头牌菜“仙人指路”以绿豆芽和乳鸽茸砌成仙鹤，绿豆芽逐根在放大镜下掏空，嵌以燕窝鸡茸后蒸熟拼成鹤翅，价格逾万；另一道“鲤鱼须子”则用上一百多条鲤鱼，每条仅取二须炒烩，所费亦自不赀。

此宴由仿膳名厨“听鹂馆”的西安分店承办，主理的厨师据说亦是清宫御膳传人，然而管中窥豹，就以这两味菜式来看，无非是夸炫烦琐工序和刁钻食材，烹技与滋味并不见高深出色，恕我孤陋寡闻，实在想不出乳鸽茸和鸡茸有何差异，而那腥滑的鲤鱼须又有什么好吃。

虽对盛宴菜式所知有限，报章还是津津乐道了几天，民间与网上更是议论纷纷。这也难怪，“满汉全席”虽然老套无新意，却始终是金字塔尖的饮食神话，不仅意味着口腹之欲的极乐天堂，更象征权力排场的无上尊荣。菜色内容仅属次要，外在形式的社会意义才是旨趣所在，至少包含夸富炫财、消费品位、笼络结谊、巩固关系，可能还有商业公关的形象策略，纵横交错不一而足。

满汉全席是个虚妄的文化神话，这可不是我意识先行的批判，有充足的文献可以明证。我们以为满汉全席源于清朝宫廷，其实宫廷办桌有严谨的等级规格，满汉分席从不相混。根据《大清会典》及承办宫宴的光禄寺记载，满席分六等，由高而下用于帝后丧葬、元旦冬至的节令、皇帝大婚、大军凯旋、款待诸藩亲王或来贡使节的赐宴等，菜色多是面、饼饵、麻花、干鲜果等，出奇简单。

倒是从康熙到嘉庆年间，朝廷办过数次“千叟宴”，宴请全国数千耆老贺寿，分满汉两场入席，其中满席的菜式较有内容，包括火锅、猪肉片和羊肉片、鹿尾烧鹿肉、烧烤肉、螺蛳盒小菜和肉丝烫饭等。

而汉席则分三等及上席中席，用于文武会试考官出闱、实录会典等开馆编纂及告成等，各等菜品皆有定制，例如一等席有鸡鸭猪鱼二十三碗、果食八碗、蒸食三碗、蔬食四碗，数目虽多却不精致考究，而且无论满席汉席，皆是光禄寺前一天预先做好，宴会当日才“桌缠红布，覆以红袱”送到会场，非但风味不佳，炎暑还卫生有虞。然而这是皇恩浩荡的政治饭，不吃不行，朝臣贵族都引为苦事，抱怨“天厨余馔，经宿辄不可下咽”，民初笔记《清稗类钞》中便记载，乾隆间的内阁学士沈德潜，就曾因皇上赐食而吃坏肚子。

而《大清会典》《清史稿》的官方记录、清代野史笔记，甚至溥仪的自传《我的前半生》中，都不见宫中有满汉全席或满汉席，皇室的日常膳食虽然满汉相杂，但正式官宴却泾渭分明，绝不共举。所谓的满汉席，其实是发源于江南的官场菜，最早见于李斗于乾隆中期撰成的《扬州画舫录》一书，主要是当地商贾为南巡官员置办的大型豪华酒席，“上买卖街前后寺观，皆为大厨房，以备六司百官食次”。这场酒席齐集满汉精华山珍海错，洋洋大观分为五份，每份皆有十余道，各式菜色果品总计近二百样。

第一份主要是炖菜羹汤，有燕窝鸡丝汤、鲜蛏萝卜丝羹、鲍鱼烩珍珠菜、鱼肚煨火腿、鱼翅螃蟹羹和蘑菇煨鸡等，似是用来热身开胃，以迎接第二份奇珍盛馔：鱼舌烩熊掌、米糟猩唇、猪脑、假豹胎、蒸驼峰、蒸鹿尾、风羊片子、梨片蒸果子狸、野鸡汤等，猪脑竟和熊掌驼峰并列，可见那时还被视为珍罕食物。吃下这么多浓郁至味后该让肠胃歇歇，所以第三份菜色较为清淡，有鸭舌羹、鸡笋粥、芙蓉蛋、糟蒸鲥鱼、西施乳（可能是河豚腹）、豆腐羹和甲鱼肉片汤等。

第四份毛血盘二十件，即是以烧炙为主的满菜，有小猪子、羊杂什、挂炉走油鸡、油炸猪羊肉、白蒸小羊子、什锦火烧、白面饽饽卷子，以及满人呼为“哈尔巴”的兽类带骨腿肘子。第五份还有洋碟二十件、劝酒热菜二十味、小菜二十碟，另加干鲜果品各十桌，猗欤盛哉令人叹止。

乾隆南巡之后，满汉席的名声流传天下，各地菜馆食肆纷起效颦，满汉席因而从官场流入民间市肆，虽然菜式数量种类远不能及，但却融会满菜烧烤与汉菜羹汤，标新立异成为噱头风气，例如《海上花列传》描写上海贵公子的奢华，说是“中午吃大菜，夜饭满汉全席”。美食家袁枚则称此为俗套，曾大加挞伐：“今官场之菜，名号有十六碟、八簋、四点心之称，有满汉席之称，有八小吃之称，有十大菜之称，种种俗名，皆恶厨陋习。”因为堆盘叠碗，芜杂不精，正是他最反对的“目食”，拉杂横陈贪多好众，观之琳琅却食不成味。

然而从清代至今，满汉全席的风气绵绵不绝，虽属乌有讹传之事，神话光环却熠耀高照，甚至弄假为真，俨然成为华人饮食的文化传统。从吉林、热河、北京、天津、四川、广州、香港到台湾，各地都搞过满汉全席；连日本、韩国和新加坡也跟风制办过，菜单版本各自臆想新创，无一相同，既非原版满汉席，也无食经史料的依据，不过胪列山珍海错，堆砌夸饰一番。在这场“清宫秀”里，吃的主要是排场和阶级意义，食物仅是踵事增华的道具，入席者忙着舔舐尊荣的甜头，哪里还能吃出其他滋味？

·· 鲍鱼的溏心术

最近，那位全身披披挂挂，奖牌勋章叮当作响的香港鲍鱼王，又要来台北表演绝活了，虽然时机不佳，闻香慕名者依然不少，每客两万几千元的龙鲍翅套餐，不愁没人捧场。由厨神烹制的巨鲍，滋味绝美不在话下，更重要的是它的身份象征，吃得上这种“十头鲍”的非富即贵，没有点财力权力，可连鲍汁都沾不上哩。普通食客经此一役，不但可在美食履历表添上辉煌一笔，而且借由鲍鱼的头数，还可取得某种等级地位，仿佛可与名人并列共席，等量齐观。

鲍鱼古名鳆鱼，由于古人无轻唇音，“鳆”读成“雹”，久之遂与鲍鱼相讹。我们现在称美的鲍鱼，古代原来指的是湿渍咸鱼。《史记》记载秦始皇在南巡途中暴毙，丞相李斯秘不发丧，运尸回朝，由于天热发臭，“乃诏从官，令车载一石鲍鱼，以乱其臭”，一代霸主落得与烂鱼厕身杂溷，真个是臭名永播。

以前的“鲍鱼之肆”，是人皆掩鼻的咸鱼铺，现代的“鲍鱼之肆”，却是豪华的粤菜酒楼，供应活海鲜、鲍鱼、海参、鱼翅和花胶（鱼肚）等矜贵食材。在华人料理中，鲍参翅肚这“四大天王”，地位有如法国餐厅的松露和鱼子酱，其中鱼翅和鲍鱼尤其珍贵。不过在粤菜里，鱼翅的种类等级与烹法变化多样，鲍鱼却只有原只才上得了台盘，整“头”烧好了端上来，像牛排般以餐刀锯食，尺寸大小一目了然，无所藏拙遮掩，象征的权力意义更为浓厚。

中国人吃鲍鱼的历史，可以上溯到两千年前的汉代。《汉书·王莽传》里记载，王莽因出军失利，“忧懑不能食，亶饮酒，啖鳆鱼”，王莽忧烦得吃不下饭却一直喝酒吃鲍鱼。《东观汉记》则提到，东汉明帝时，临淄太守为嘉奖吴良，曾赏赐他“鳆鱼百枚”。三国时的曹操也喜欢吃鲍鱼，他死后子孙以此物祭飨，曹植曾在《求祭先王表》中提及：“先主喜食鳆鱼，前已表徐州臧霸送鳆鱼二百。”可见在当时的北方宫廷中，鲍鱼已是皇族权贵的食品。

早期的鲍鱼产自山东沿海，登州、莱州尤多，史称“登莱鳆鱼”，质地最佳。唐代之后，南方也开始采捕鲍鱼，但品种不同，质量与口感皆逊于北方鲍。到了宋代，鲍鱼虽还珍昂，却已不限宫廷，普遍流行于南北各地的上层社会，由于需求量大，北宋时期，中国开始从日本输入“倭螺”，也就是日本鲍鱼。

苏轼的长诗《鳆鱼行》中，对此有详细描述：“东随海舶号倭螺，异方珍宝来更多。磨沙沦沈成大胾，剖蚌作脯分余波。”倭螺味美质佳，深受青睐，风靡京城的富贵人家，所以苏轼说：“中都贵人珍此味，糟浥油藏能远致。”中国人从一千年前就开始吃日本鲍，直到现代，日本的网鲍、吉品和禾麻等干鲍，还是食家最推崇的上品。

从宋代一路到明清，鲍鱼始终是席间珍品，清初名士王士祯说它“珍异为海族之冠”，可见其地位之高。北方鲍鱼的产量虽已日渐稀少，宴席排场的需求却无时或已，例如徐珂的《清稗类钞》就提到，清代官场流行“全鲍宴”，沿海省县的官员以各品鲍鱼上朝入贡，并宴请文武同僚。

虽然封建时代早已结束，鲍鱼宴的风气却流传不衰。改革开放后，少数先富起来的中国人，已经吃起鲍鱼宴，近年来经济飞涨，鲍参翅肚和燕窝更是盛行，粤式的海鲜酒楼成为公关圣地。粤谚有云“鹅腿打人牙关软”，鲍鱼远比烧鹅高级富丽，令人软化的威力当然更加强劲。

鲍鱼是富贵菜，除了粤菜之外，中国各大菜系少以此物入馔，因为货源昂贵珍稀，而且泡发的工序冗长，烹制的方法繁复细致，一般庖厨难以掌握。只有贵族官府或者富户的家厨才有机会接触鲍鱼，进而演练生巧。古代的北方菜应该有很多鲍鱼食谱，可惜并没有存留下来，近代的京津菜已不擅炮制海味干货，唯一的例外是北京的“谭家菜”。

谭家原籍广东南海，广东人本已嘴刁，官府世家更是精于馐馔。清末民初，谭氏因家道中落，走入民间承办宴席，由于精细考究而名满京城。官场宦海，送往迎来，常以家宴进行高级公关，这些世家因而训练家厨或姨太太，烧出制作费时、手工繁复的名贵海味，以显排场门风。“谭家菜”的主人是谭瑑青，主馈掌勺者则是其妻妾家厨，尤其是三姨太郭荔凤[①]，她的拿手绝活“黄焖鱼翅”和“红烧鲍脯”，更

---

① 一说赵荔凤。

是名闻遐迩的招牌菜。谭家菜从官府“流落”民间，二十世纪五十年代末，由于深得周恩来激赏，于是进驻北京饭店，成为国宴菜。

不过，把“鲍鱼公关”发挥得最出色的还是那位“鲍鱼王”杨贯一，他并非厨师出身，四十余岁才潜心钻研鲍鱼烹制技巧，却成功开创出“阿一鲍鱼”的品牌，奠立“富临饭店”的高级消费地位。杨贯一公关手腕灵活高明，穿梭周旋于香港社交界及上流社会，二十世纪八十年代中期开始，他四处表演厨技，为各国政客显要烹煮鲍鱼，树立国际性的“御厨”形象，把自己明星化传奇化，镀亮了商品招牌，使得富临饭店成为香港美食一景，引来各地食客老饕，日本人甚至组成“鲍鱼之旅”，专程来港品尝。

日本盛产优质干鲍，青森的网鲍尤其顶级，吉品鲍和禾麻鲍也是佳品，制作干鲍还是秘不外传的家族手艺。不过干制与烹治，完全是两码子事，日本人想吃干鲍，还是得到香港，因为干鲍与鲜鲍的质地迥然不同，必须悉心浸发慢火熬炖，才能催引出干鲍特有的“溏心”效果，达到柔滑不失弹性、软嫩中却带爽脆的质地，如果一味绵软就是“豆腐心”，毫无嚼头不可取，若过于粗韧，当然更是下驷劣品。

有趣的是，腌渍干制的海味干货，原本是为了流通运输及长期保存，然而加工干制后，却转变成另一样东西，非仅风味质地大异于自然状态，价值更远非鲜货所及，而且似乎变形转化得愈厉害，价值地位就愈高。就说参鲍翅肚吧，非但早已远离原始形态，而且发展出专门的炮制割烹技巧，身价还与时俱增。

广东人认为，鲍鱼不仅要看“头数”大小，还要看贮藏的时间，干鲍放得愈久，味道愈香浓，价值愈珍贵。其他干货亦然，连咸鱼和陈皮也讲年代，花胶更是愈久愈好，旧日蜑家渔民的屋角，必然吊着几条黑黄皱缩的鱼肚，那是祖传下来的陈年花胶，据说可以用来煲汤治病，拮据时则能拿去变卖换钱，所以干海味不但是食物，可能还是文物古董呢。

华人对鲍鱼趋之若鹜，具有深浓的文化情结，然而在盛产鲍鱼的澳洲、墨西哥和南非等地，它并未特别为人垂青，以前澳洲人还拿它来做鱼饵，直到华裔移民涌入后，鲍鱼的价格才被炒高。食物的美味和价值，从来都受文化宰制影响，绝不是“口之于味，有同嗜焉”，鲍鱼的好吃之处，其实不在于溏心，而在层层叠叠的迷思。

·· 大闸蟹的美味神话

二〇〇二年秋天，大闸蟹的热潮正式登台，阳澄湖开湖不到一天，青甲金爪的大闸蟹就飞洋渡海抵达台湾，迅速出现在鱼市、超市和量贩店，非但抢鲜上市，价格还廉宜得惊人。净重六七两的大蟹，中秋前每只五百元，其后三只不到四百，路边摊傍晚的“黄昏价”更疯狂，连一只十元、二十元的都出笼了，丰盛得近乎泛滥。

往年的大闸蟹季，我总要呼朋引伴，招徕台湾的亲朋组团来香港狂啖痛吃，今年形势大逆转，台湾的大闸蟹竟比香港还多而便宜，反倒是几个馋友频频写电邮来，招手叫我回乡大快朵颐。

鱼鲜虾贝华人之所嗜，而大闸蟹又是公认的至味极品，不仅因其膏腴风味，更因为长期酝酿的情趣传统，文学与历史的再现建构，为大闸蟹渲染出雅逸的美学氛围，因而由鱼鲜升华为文化象征，跨越江南成为华人的美食神话。

前几年有一次蟹季，我刚好去上海，满心期盼大饱馋吻，谁知从小菜场找到饭店餐馆，遍寻大上海，竟不见一只六两以上的大蟹，全都是三四两甚至更小的，不吃也罢，悻悻而归。现在情况当然已大大不同，上海经济红火情势大好，内部消费强劲，什么昂贵高档的都有，有家吃大闸蟹全蟹宴的餐厅，一个人七八百元人民币，还是客如流水供不应求。反倒是香港穷了，蟹价大减销量还是直跌。

上海人也真看得开，那次我问人，香港炒高了蟹价、抢走了靓蟹，你们不会不甘心吗？他们说，有钞票赚还有什么不甘心？又自我解嘲说，小蟹也照样鲜美，反正吃大闸蟹又不是为了充饥饱肚，就像我们嗑瓜子、啄榧子、啃小核桃和吮黄泥螺一样，不是吃肉，是吃那滋味情趣呀。

其实大闸蟹不只见于吴越江南，华中华北的河湖江流皆有之。学名叫“中华绒螯蟹”，在不同的省区有相异俗名，例如京津叫胜芳蟹，江浙叫清水大闸蟹，安徽叫金脚黄毛蟹；又因流域而分淮蟹、辽蟹、长江蟹、太湖蟹等，其中以苏州一带的湖蟹膏满脂香，质量最好，清代最有名的本是汾湖的紫须蟹，民国以后因食蟹名家施今墨的品题，阳澄湖大闸蟹受到上海人的钟爱，遂声名大噪，风靡至今。

试想，大江南北不知有多少江河湖潭，能在成千上万种淡水蟹中，齿剖舌析，吮咂辨味，分判高下，吃出蟹的特色品牌，大约也只有中国人能做到，这不仅要一张异常尖利灵敏的嘴，还要有好整以暇的漫长传统，集体进行长期的美食铁人赛。秋日持螯早是中国的悠远食俗，唐宋时代秋蟹已是民间普遍的“食品佳味”，经过历代文人名士的品评题点，更趋精致深化，形成独特的节令饮食传统，而且非关祭祀教化，蕴含强烈的美学意义，历来的食蟹高手，也几乎清一色是知情识趣的江南人。

元末画家倪云林是江苏无锡人，隐逸于太湖畔的“云林堂”，除了诗画亦撰食谱，其中有以紫苏、桂皮入盐汤的煮蟹法，以及“蜜酿蝤蛑”等数道蟹菜，极有讲究。籍出绍兴、著有《陶庵梦忆》的明代散文家张岱也是蟹迷，认为“食品不加盐醋而五味全者”，仅得蚶与河蟹二物，尤其每年十月河蟹肥时，“膏腻堆积如玉脂珀屑，团结不散，甘腴虽八珍不及”。于是召集同好组成“蟹会”，佐以美酒佳果，吃得酣畅淋漓。而明末清初的戏曲家李渔，更是众所周知的“蟹痴”，一生嗜蟹如命，蟹季未至就储钱以待。一路吃到尾声，还要做腌蟹醉蟹，“心能嗜之，口能甘之，无论终身，一日皆不能忘之”，虽被时人目为怪物，却在后代传为佳话。

这些佳话不仅流传于市井，还随着时间慢慢渗进大闸蟹的滋味中，使其除了天然的鲜美之外，还有风雅婉约的情致，择善执着的品位态度以及识味“懂行”的文化资本。

然而不只文人能塑造传统，草根乡俗的民间见解，也可附录在大闸蟹的神话中，例如“蟹和尚”。

鲁迅在《论雷峰塔的倒掉》中提及，秋高稻熟时节吴越间多螃蟹，吃完了翻开蟹壳，可以见到“一个罗汉模样的东西，有头脸，身子，是坐着的，我们那里的小孩子都称他‘蟹和尚’，就是躲在里面避难的法海”。许仙和白娘娘两情相悦，法海却多事去拆散人家的姻缘，引发水漫金山寺的大难，被玉皇大帝缉捕，最后逃入蟹壳避祸，鲁迅说他活该。这个《白蛇传》的后续篇是个民间审判的结果，或者该说是舆论借由传说判处私刑，实现了黑市的地下正义。

把“坏人”吃到肚子里，大概是最大的惩罚，最彻底的征服。有些年纪的上海人还记得，打倒“四人帮”的几年里，他们吃蟹时要买三雄一雌，把大闸蟹当那四个坏胚子，剥皮拆骨吃光舔净。如果鲁迅还在世，不知将作何感想，这是幽默、狡狯抑或愚鲁？在阿Q之后半个多世纪，精神自慰越发弥漫风行，还衍生出“饮食胜利法”。

中国人吃大闸蟹，可以出神入化吃到最幽微的滋味，但所谓情趣传统，何尝不是一种麻醉耽溺？世局如麻治丝益棼，只好埋头细啃大闸蟹，在蟹壳里编故事。大闸蟹的那个“闸”字，我总疑心就是鲁迅说的黑暗闸门，黝乎乎的夜水中，蠕蠕涌动着一群八肢怪虫，蟹与人的命运暗自呼应对位，呒呒华土，凄如荒原。

清蒸与盐煮

香港人吃多了大闸蟹，嫌清蒸单调，餐馆也想多搞花样增加利润，所以盛行全蟹宴。醉蟹、酱爆蟹、炒虾蟹、蟹粉豆苗、蟹粉小笼包、蟹肉荠菜云吞、蟹炒年糕。讲排场的就更多了，蟹肉花胶、蟹粉鱼翅、蟹黄鲍鱼和蟹粉烩官燕等，豪华昂贵无限上纲。

然而真正的蟹迷对全蟹宴却不屑一顾。蟹痴李渔认为，蟹应该原只清蒸，绝不应与他物共冶，因为蟹之“鲜而肥，甘而腻”，已臻“色香味之至极，更无一物可以上之”。写《随园食单》的袁枚也说，“蟹宜独食，不宜搭配他物”。不过他认为清蒸失之于淡，“最好以淡盐汤煮熟，自剥自食为妙”。

李渔更坚持剥蟹不可别人代劳，他说凡事皆可以逸待劳，唯独蟹、菱角和瓜子，“必须自任其劳，旋剥旋食则有味”，吃人剥好的则味同嚼蜡，失真走样。我们没有童仆簇拥，这个问题大可不必担心。

袁枚说的盐汤煮蟹，至今仍盛行于绍兴和宁波一带，但最能保留大闸蟹原味的还是清蒸，用竹蒸笼更好，竹香和蟹味相得益彰。以牙刷洗净蟹身，蟹肚朝上放入笼内。上覆紫苏叶以除湿寒，待水大滚后才能摆上蒸笼，否则蟹肉老韧不美。开大火蒸二十至二十五分钟，一边等蟹一边煮姜茶，把姜块切片拍扁或磨茸，加水和红糖或黑糖，以中火熬煮十来分钟，滤出姜渣即成。另留些姜茸，调点红糖做姜醋，宜用正宗镇江醋，我最喜欢的是老牌的“恒顺”，浓郁酸香，蘸蟹只用了一点，姜醋大部分是被我喝光的。

·· 炒饭的身世之谜

香港旅游局主办的“美食最大赏”，是香港食界的最高荣誉，二〇〇二年的主题是炒饭，全城最美味的三家炒饭，分别是怡东轩的“南瓜海鲜焗炒饭”，龙苑的“南丫岛虾酱虾仁炒饭”以及太湖海鲜城的“姜米活鱼炒饭”。炒饭是最简单的家常食物，本来是剩菜冷饭循环再用的厨房基本功，后来却衍生出多样的口味花式，由粗简趋于精致，另开美食格局，还闹出专利权的风波。

说来搞笑，二〇〇二年五月间，扬州宣布把“扬州炒饭”注册为专利商标，烹制材料和调味品有严格规定，须用鸡蛋四只、虾仁五十克、葱花十克、精盐六克等材料，奉行标准照单炮制，不可随意乱炒，否则就不准叫“扬州炒饭”。消息传来，大陆、香港、台湾一片哗然，臧否之声四起，讥讽讪笑不绝。此例一开，以后“海南鸡饭”“福州鱼丸”“彰化肉圆”“北京烤鸭”“麻婆豆腐”等等，全都成了专利禁脔，知识产权金光护体杀气腾腾，除了原著正统就是邪门异端，饮食界岂不要恐怖整肃，大祸当头？尤其成都已经有餐馆因侵犯“麻婆豆腐”的商标被罚，说不定有一天炒饭要领牌照，连吃无牌炒饭的人，都会像买翻版 LV 一样犯法呢。

别的地方还当笑话说，香港人可是快气疯了，扬州炒饭原来是香港才有的特产，根本和扬州毫无渊源瓜葛，现在不但被扬州人当宝贝捡回去认祖归宗，而且乞丐赶庙公，垄断禁用，真是荒谬离谱天理何存。扬州还上纲上线，把这道蛋炒饭的历史远溯到隋朝，说这原本是隋炀帝宠臣越国公杨素喜欢吃的“碎金饭”，杨素陪隋炀帝巡幸江南时把它传入扬州，经历一千四百年的创新改良，成为淮扬名菜云云。

哇，有没有搞错呀，还编出一套炒饭千年史，香港有各省移民，问问早年来港的扬州人就知道了，他们在家乡压根儿没见过“扬州炒饭”，来了香港才知道有这东西，有人还以为是失传的菜谱。二十世纪八十年代流行到内地旅游，大批港人涌往美食胜地扬州，少不得要叫碟道地的扬州炒饭，谁知翻烂菜单、跑遍餐馆都找不着，侍应跑堂也一问三不知，都说从来没有听过此菜；这可是个奇闻，于是港人回乡后，纷纷向亲友报告这个惊人的大发现："原来扬州吃不到扬州炒饭呀！"

粤菜中除了扬州炒饭，还有扬州炒蛋和扬州窝面，并不是来自扬州的失传菜谱，而是配佐食材的特称。已故的香港民俗史家梁涛（笔名鲁金）在《香江旧语》一书中提到，光绪年间广州有家叫"聚春园"的淮扬菜馆，以虾仁、叉烧和海参烹制"扬州锅巴"，颇负盛名，吸引粤菜厨师前往观摩学艺。其中有位"大三元"酒家的厨师，用"扬州锅巴"的材料来炒饭，滋味香美大受欢迎，于是"扬州炒饭"就叫开了，后来以虾仁、叉烧和海参为主要材料的菜，遂被冠以"扬州"之名。

类似的例子还有"京都排骨"，这道广东馆子常见的菜，并非源自日本的京都或中国的北京，"京都"指的是该菜的调味酱料，这是广州厨师从京津馆子的炸酱面学来的，虽然已经走调变样，成为酸甜红汁，然而实亡名存，还是保留了京城之名，后来用这种酸甜酱汁烹制的食物，一律冠以京都之称，例如"京都炒面"和"京都锦卤云吞"等。

扬州炒饭和京都排骨从广州出发，传到香港后流播世界各地华埠，再从香港传回内地，被重新接收，编入正统，并展开正典（canon）的建构工程，其间的流动轨迹非常有趣，除了专利权的商榷之外，其实还有丰富的意义脉络值得寻味。

有关扬州炒饭的起源，除了梁涛的广州论，唐鲁孙说是出于乾隆时代在扬州做过知府的伊秉绶，食家朱振藩认为最有凭据。亦有人认为是扬州盐商的饮膳遗韵，但清代盐商童岳荐写的美食经典《调鼎集》中，并未见近似的名称或做法，倒是有个出自苏州常熟的“姑熟炒饭”，然而是不加配料的白炒，和扬州炒饭的五光十色全然相反。而传说就更多了，除了“碎金饭”之外，据说乾隆下江南时，在扬州一户农家吃了蛋炒饭，因饥肠辘辘而赞不绝口，遂使扬州炒饭声名大噪。

众说纷纭不知孰为可信，但其本质心态则如出一辙，都在争夺炒饭的历史诠释权，透过史料轶闻寻求正当性与“道地性（authenticity）”，确立“原汁原味”的真品地位。其实扬州炒饭也就是蛋炒饭的精致版，粤菜曾经吸收不少扬州炒饭的技法精神，例如点心，老派的粤式茶楼至今还标榜“淮扬美点”，炒饭亦是向主流“挪借（appropriate）”而来的“偷师”成品。不论是地域文化或饮食传统，以前的扬州和北京都居于中心，位于边陲的广州和香港，因而经由挪用甚至剽窃加以拟仿（mimic），复制地位较高的文化品位，并以产地命名掩护身份，伪装正统。

边缘对中心的想象模仿，在正统看来固然橘逾为枳、荒腔走板，但却因不受传统束缚制约，运用当地食材做法挥洒改创，反而繁殖混杂出新品种，出人意表，大放异彩。这些深具“杂种性（hybridity）”的创意品种，原先是中心正统不屑相认的私生子，后来却逆转主从关系，衣锦荣归被中心热烈迎纳，收编进嫡传的系谱中——虽然血统掺混，幸亏有个名姓可以认祖归宗，还是咱家的人哩！

从扬州炒饭的例子可以见到，正统与挪用间的抗争消长，转移了食物的权力关系，其根源和国族神话密切相关，但杂种的权力流动过程，倒和英国学者霍米·巴巴（Homi Bhabha）对殖民主义的分析若合符节。巴巴认为，“杂种性”不仅在文化歧异的隙缝中开展，“内爆”出崭新的论述空间，而且取代了创造它的历史，架设起新的权威结构，产生了新的政治行动权。

我们的“台式四川牛肉面”也是个优异杂种，这个在四川找不到的美味，已经成为台湾特有的标志食物，转进内地出口世界。例子还不胜枚举，海南鸡饭是新加坡而非海南岛的特产，但却被海南拿来大做旅游招徕。香港人常吃“马来炒贵刁（粿条）”“星洲炒米（粉）”，去了新加坡却遍寻不着，而新加坡人吃惯的“香港炒面”，在香港也不存在。福建人对香港的“福建炒饭”“厦门炒米”十分陌生，而这“福建炒饭”的确也与他们无关，指的是和扬州炒饭相对的湿炒饭，台湾叫烩饭，上海则叫“盖浇饭”。

打开一份菜单，上面满布着正统与杂种的角力，典范的借贷挪移，口味播迁的路线轨迹，你想点哪一样呢？

完美的炒饭

不下厨的人常说：“我只会做蛋炒饭。” 我听了肃然起敬，这可是大功夫呢。唐鲁孙的文章说，以前他们家考厨师，首先要师傅煨个鸡汤试文火，其次来个青椒炒肉丝看武火功夫，最后就是考蛋炒饭，“大手笔的厨师，要先瞧瞧冷饭身骨如何，然后再炒，炒好了要润而不腻，透不浮油，鸡蛋老嫩适中，葱花也得去生葱气味”。

根据扬州市制定的标准，扬州炒饭除了要用籼米和草（土）鸡蛋之外，配料洋洋大观。包括海参、鸡腿肉、火腿、干贝、湖虾仁、花菇、鲜笋和青豆，调味料则要有油盐、虾子、葱花、绍酒和高汤等。据此炮制出来的炒饭固然真材实料，丰富多姿，但也有人认为配料过多，滋味鲜浓取巧讨好，看不出厨师的功力和风格。

讲究饭味的人，更觉得这道菜式喧宾夺主，食材的滋味掩盖了米饭香，失却本色原味。白饭毫无依傍素面朝天，就要看掌勺人的功夫底子了。《调鼎集》里那个极简主义的“姑熟炒饭”，不用油盐纯粹白炒，但要炒到“松、脆、香、软四相兼备”，每粒饭上“俱带微焦”，可谓境界最上乘的炒饭。我试过几次，松香微焦还可以，但要饭粒既脆又软，实在戛戛其难，唉，如果去应征盐商的家厨，一定考不上。

辑三

食物之香港氛围

*

然而偏方绝大多数连推论都阙如，荒腔走板毫无逻辑，照样流播迅速深入人心，最近这个“吃绿豆可防疫”的传言，可谓经典代表作。原来不只非典有地球村效应，非典偏方的谣言更能极速蔓延，横跨地域全球化。

·· 茶餐厅地痞学

王家卫的《堕落天使》里，黎明冷着脸在茶餐厅里杀人。马楚成的《九龙冰室》里，大佬郑伊健金盆洗手，退隐到茶餐厅里做伙计，终于还是被仇家找上门，展开刀劈云吞血溅奶茶的殊死战。谷德昭的《行运一条龙》中，周星驰是茶餐厅的“蛋挞王子”，既要涎着脸追女仔，又要抵御恶性竞争敌意收购，挽救走下坡的生意，有人说，这家茶餐厅就是影射金融风暴后的香港。

陈果的《细路祥》，家里也是开茶餐厅的，街坊八卦人生百态，都在那里汇聚缩影，落入祥仔剔透的眼中心上。而港式风味的动画片《麦兜故事》里，人物的出没地点，是以烧腊铺、云吞面店和茶餐厅画出的地图，食店既是集散点，也串织出生活脉络的线与面。

酒楼和茶餐厅是港式食肆的代表，然而近年来经济不景气，二者的消长大异其趣，酒楼纷纷收山结业，连历史悠久、深受港人欢迎的连锁酒楼“敦煌”都恶性倒闭，而茶餐厅却愈开愈多，一枝独秀。

根据香港“食物环境卫生署”的资料，二〇〇二年全港有九千五百六十间食肆，粗略估计，其中约有三四千家茶餐厅，比例高占将近一半，竞争激烈不在话下。虽然蚀让倒闭的情况也屡见不鲜，然而前仆后继，摩拳擦掌跃跃欲试的人更多。香港“工业贸易署”有个创业咨询中心，根据他们的统计，接到查询最多的就是茶餐厅，纵使世道不景，这还是创业者最想做的生意。

也难怪，茶餐厅深入生活，从早餐、午餐、下午茶、晚餐到夜宵全天候供应，菜单又五花八门百味俱陈，而且单点双拼搭配灵活，腊味煲仔饭可配罗宋汤，咖喱羊腩配冻柠啡（柠檬加咖啡），铁板牛扒配雪梨甘笋（红萝卜）汁，感冒喉痛还能来一杯滚热的可乐咸柠（檬）煲姜；排列组合丰富无穷，构成最大的食物公倍数现象，一网打尽各种可能，吸引了各方平民食客，衍生出各种功能，使得茶餐厅不仅是食堂，也成为特有的社会场景。

茶餐厅是香港特产，历史可以上溯大半个世纪，其前身是“冰室”和“咖啡室”，原来是模仿西餐厅和英式下午茶的本地茶馆，慢慢发展成平民餐室，兼容并蓄各种华洋中西的菜色，并加以掺杂变化，花样愈来愈多，后来更与粤式的烧腊店、粥面店、潮州粉面店，甚至甜品店合流，又吸收街头大排档的牛腩、云吞和家常小炒，食物种类像雪球般愈滚愈大。一般茶餐厅的菜单，少说也有近百种，连店名都愈加愈长，变成“海鲜烧鹅茶餐厅”或者“潮州鱼蛋粥粉面茶餐厅”。

茶餐厅是外食人口的大本营，不管白领蓝领，一天中可能有两餐在此解决，下午“三点三（三点十五分）”说不定还来喝下午茶，和同事“饮杯茶，食个包”，交换办公室情报与最新八卦。早些年失业率还未高涨的时候，有的打工仔还能偷空溜出来，在茶餐厅闲坐饮茶或磕牙，粤语把偷懒开小差称为“蛇王”，所以茶餐厅就成了“蛇宴（窝）”。中环威灵顿街有一家历史悠久的“乐香园咖啡室”，就是附近白领的蛇王胜地，乐香园老板干脆以此号召，把蛇宴的诨名印在名片上。香港人工作紧凑时间长，能有地方稍作盘桓缓冲，其实是减压良方，蛇窦提供休憩与八卦功能，因而还被若干讲求创意的行业视为灵感来源。

有人去茶餐厅偷闲，有人则是为了工作，对常在外奔走见客的房地产经纪、保险经纪以及俗称“行街”的业务员而言，茶餐厅就是流动办公室，经济方便到处开工。茶餐厅有个“净饮双计”的不成文行规，不点食物只喝饮料要算双倍。就是针对这类食客而设。除了经纪掮客之外，常在茶餐厅“待命”的流动行业，还有些打零工的建筑、装修工人，所以茶餐厅也是流动的人力市场。另外还有“地域产业”，例如帮会和风化业者，陈果的另一部电影《榴梿飘飘》中，“北姑”和马夫（三七仔）几乎以茶餐厅为家，把它当成业务处、休息室兼加油站，开完工就努力加餐饭补充体力。

港式“古惑仔”电影中，地头的泼皮混混成天泡在茶餐厅里，“吹水”闲扯K马经，偶尔为了重新分配利益，不同派系还要齐聚一堂“讲数”谈判，结果总是一言不合大打出手，刀光棍影斩人火并。这当然是电影的夸张手法，茶餐厅和角头都有浓厚草根味，是香港市井文化的鲜明象征，古惑仔与茶餐厅有一种共生关系，在帮派内讧或外侮的争斗中，茶餐厅不仅是根据地，也意味着乡族和地方认同。有人说，这就是香港精神，整个香港其实是一间大型的茶餐厅。

早期的港粤移民把茶餐厅引入全球各地的华埠，而近年来北上工作的港人，又把茶餐厅引进内地。然而茶餐厅虽能移植外地，却无法搬动和它互生共存的社会脉络，只能成为外地港人的同乡会，以精致怀旧或是前卫现代的中产风味，重新转世出现，由地痞升格为乡绅，成为时尚的都市聚点，和原来龙蛇混杂的草根本色已经大相异趣。

然而不管怎么变，一定要有香浓的“鸳鸯（咖啡加奶茶）”，酥脆的菠萝油（菠萝包夹奶油），以及热腾腾油滋滋、充满“镬气”的干炒牛河，没有这些签名标志，就不算茶餐厅了。

··打一场Party的硬仗

打电话找安琪拉喝咖啡，她打着呵欠用浓浓鼻音说：“不了，我要睡觉啦，这两天赶了三个P，今早才回来，累得像狗一样，改天吧。”虽没约成，我倒是替她高兴，安琪拉离婚一年多，立志寻找“正确先生（Mr.Right）”，态度积极社交活跃，两天参加三个P，可见颇受欢迎，在婚姻市场前途甚好。

P是“派对”的简称，每年圣诞节到农历新年前后，照例是香港的派对旺季，圣诞到元旦的那个星期尤其是高峰期，年轻男女一晚要赶两三场，夜夜笙歌玩到通宵，翌日中午还有聚餐，忙得睡眠不够，累出两只熊猫眼，反而引来周遭的艳羡，因为愈忙愈表示人气炽旺，派对宴会的多寡是社交成败的指标，人际关系的P指数。

至于成了家有点年纪的男女，虽然豁免于曝光与求偶的仪式，无须打扮得光艳照人日夜转战P场，却要社会化升级，以家庭为单位进行更复杂的社交排场。安琪拉离婚后再也不来参加我的P，理由很简单，除了因为我的社交圈和她前夫略有重叠，更重要的是："你家的客人都是有伴的，我哪里有生路？你不嫌我落单，我还怕浪费时间哩。"有次和她喝茶，她快人快语坦率直言。

我明白她虽然说得刻薄，其实是在为我找台阶下，省得我为难。我虽然有不少单身朋友，但家中请客开P，来的却大多是一对对的，这固然出于中产阶级的社交默契，也与我们所属的社会群落有关，座上客多半是所谓的expatriates，来港工作的外籍人士，结伴出席是习惯也是礼仪。香港是金融都会，饮食酬酢频繁。但外资公司的商业咨谈或联谊，通常选在午餐进行，最多傍晚去酒吧喝点东西，如果选在晚上或假日，又邀请对方到家中，意义和关系就深一层了。

这样的家庭派对一般称为Dinner Party，在华洋杂处的香港，去 P 和开 P 都是生活的一部分，上流阶层甚至衍生出一个以社交为职志的“Ball 场”，一般人虽非丽人名流，却也不乏派对聚会。不过大概深受西方影响，香港派对的社会性强，着重气氛情调与邀请对象，反而不甚讲究食物内容，通常由菲佣主厨，拌点生菜沙拉，烧些咖喱鸡、炸鱼、红酒牛尾，女主人则象征性地做一道烤菜或甜点，聊表参与备餐的心意。请的客人多了，主人干脆以自助餐的形式待客，食物则以现成熟食搭配家常小菜，有时索性就采用“美心”和“大家乐”提供的外卖派对食品。

在这种情况下，我的家庭派对异军突起，在朋友间居然颇有点口碑，因为不管好坏，菜色都是我自己下厨做的。我喜欢烧菜请客，原本是因为爱吃爱做，野人献曝，呼朋引伴共享。在英国时请的多是台湾朋友，吃台菜论台事淋漓酣畅，来了香港后由于另一半工作的关系，请客对象以金融圈的外国人居多，在此地的派对文化下，我也开始体会到请客复杂的社会功能。

王力和梁实秋都曾以《请客》为文，王力痛批中国人爱请客，其实是种“小来大往”的权谋手段，充满面子与贪婪的功利动机。梁实秋破题就说，“若要一天不得安，请客；

若要一年不得安，盖房”。然后以幽默的讽喻手法，白描由邀客到席终的各种狼狈场面，主人心劳力绌，客人恶行“饿”状，不着一字而批判更深。不过他们到底是上一辈人，说的是大半个世纪前的情况，和我们身处的港台社会当然有不少差异。

现代餐饮业发达，请客早已无须大鱼大肉饱肚填肠，讲究的是情趣特色，吃饱不如吃巧。而在外食普遍、妇女进入职场，家事中馈由外佣代劳的社会中，真正的家常菜反而充满了吸引力，这可能也是现今香港盛行私房菜的原因。

我喜欢请客，虽然每次都搞得殚精竭虑、疲累不堪，我却还是乐此不疲。毛泽东的名言说：“革命不是请客吃饭，不是做文章，不是绘画绣花，不能那样雅致，那样从容不迫，文质彬彬，那样温良恭俭让。”我肯定，他一定从未好好请过客，所以不知道请客之事千军万马，绝非温良恭俭让可以应付得来，其间所需的心血精力，不亚于指挥调度一场战役。

选好日期邀定客人后，首先要拟菜单，除了事先了解宾客华洋有别、南北相异的口味轻重、是否有特殊喜忌之外，季节天候、酌配的餐酒亦是重要考量。不过菜单是纸上文章，要到菜市场拣选后才能落实，有时要跑好几个地方寻觅，买不到理想的食材就得改弦更辙。

宴客前两天开始做菜，做工繁杂、需时入味的东西，都要提早整治，只有这时候可以从容不迫，一边听摇滚，一边煲高汤、熏鸭子，或是做粉蒸排骨，一边想着哪道菜该配哪只碟子，要用萝卜或者柠檬切花，该用生菜还是香蕉叶垫底……

等到请客当天，客人陆续来到，这才是硬仗，上完几个冷碟后喝汤，接着一道道端出热炒，先浓后淡，抑扬有节，等到吃甜点时，我已蓬头垢面。然而看到客人脸上露出熏熏然的满足笑意，我就觉得几日的辛苦不值一哂，如果还有个知味客说了句内行话，我就更心花怒放。

这是我的作品发表会，在那一刻，所有社交的机制功能完全消失，主客之间的社会关系，忽然也松动脱落。我把作品写进客人的肚子里，他们说我辛苦了，却不知道，自己已经变成我的“玩物”。

·· 煞食与口腔

二〇〇三年的春天，非典掀起全球的惊恐狂潮，人类那层薄薄的现代化教养，经不起几天惊涛拍岸，很快就溃裂成千堆雪，崩塌回归到原始本能，在惊恐的汪洋之中，我们只想抓紧熟悉的东西，生冷不忌正谬不理，荒唐愚昧在所不惜，管它是根稻草还是块浮木，一定要有什么可以牢牢抓住，借以抵抗灭顶的恐惧……

二〇〇三年三月，非典攻入香港，邻居和朋友都在煲抗炎茶、补肺汤，我虽然半信半疑，但也有样学样跟着煲，在满屋板蓝根味里，我不禁想，到底是中国人，永远恋执着口腔食道，平日的社会关系固然离不开吃喝，大祸临头的时候更是退婴返祖，躲回温暖熟悉的口腔期寻求慰藉。照理说非典不是霍乱也非疯牛症，无关肠胃食道，可是落实到日常生活，却和食物息息相关纠缠不清，口腔忽然取代了大脑，成为危机思考的出发点和归结点。

一开始是抢购食物。广州、香港、太原、北京以及新加坡等地，在非典初起时都出现过抢购现象，因为封城停市的谣言满天，引发最古老的匮乏惊慌，毕竟华人饿了几千年，就算小康富足多年，食物匮乏的恐惧仍旧深深嵌在潜意识里。即使像香港这么繁荣的贸易商埠，上一次粮食匮乏远在大半世纪前的日据时代，疫埠的谣言却立即引爆抢购风潮，“快D去买白米”的手机短信一上午传遍全市，超市的白米被横扫一空，尽管香港家庭的米饭消耗量其实不大，然而象征性的安全感远胜于实质效用。

然后是板蓝根热。板蓝根本来是种低廉药材，长相粗陋气味寒涩，本来不登大雅之堂，现在骤然成了市场新贵。自从二月底广州开始抢购白醋和板蓝根，香港和北京也相继加入行列，同仁堂的板蓝根药片冲剂很快卖光，新推出的防炎药饮更被抢翻天。

大陆的青岛啤酒厂趁热推出板蓝根啤酒，香港也出现众多板蓝根饮料，凉茶铺不落人后，除了推出板蓝根、金银花、菊花、薏苡等煲出的“防炎茶”，赶紧也在“二十四味”中加料掺入板蓝根。而饭店餐厅推出的“防非典药膳”，则有板蓝根炒鳄鱼肉、板蓝根猪肺汤以及板蓝根炖冰糖燕窝，连糕饼铺都做出板蓝根杞子面包，多管齐下，全面清热抗炎。

谁也证明不了板蓝根的防炎功效，然而就算冒着阳痿腿软的虚寒风险，我们还是宁可信其有，毕竟医食同源的信念深藏在基因里，有病治病没病补身，总之吃了再说。遇到像非典这种科学也没辙的恐怖痨症，更把民俗医疗当成自力救济的退路，冀望出现神秘奇迹，寻求深层文化的安神收惊。

随着非典疫情猖獗扩散，防煞的小道偏方愈冒愈多，也愈发光怪陆离，早前香港流传过吸烟、喝养乐多和吃“金渍（韩国泡菜）”，韩国餐厅一度打破淡市客似云来，不过很快就恢复常态。最近听说台湾抢购凤梨、桑葚、洋葱、番石榴等蔬果提高免疫力，又猛吃绿豆、咖喱、泡菜和芥末抗煞防炎，民间和网络上的秘方满天飞，包括茄苳叶树汁、名医的“萝卜大白菜绿豆鸭梨汤”、某高僧托梦指示须吃黑糯米，以及据说是济公开出的“桑枝桔饼参须汤”等等，日新又新令人应接不暇，情况远比香港疯狂热烈。

偏方经常乘虚而入，也总是寄居在谣言和谬误的温床。尤其面对神出鬼没的新型病毒、前所未见的风暴规模，连医学权威都在摸着石头过河，一般人只能半拼半凑连猜带想，短线观察速成归纳，奔走相告以谬传讹。例如说金渍芥末防炎，据说因为韩国、日本未遭非典攻陷，而咖喱则是因为香港没有印度人被非典感染，如此这般以食物和种族遽下推断，充分流露口腔思考的取向。我一个美国朋友就打趣说，澳门至今才出现一例感染，你们为什么不说赌博有助防炎呢？

然而偏方绝大多数连推论都阙如，荒腔走板毫无逻辑，照样流播迅速深入人心，最近这个“吃绿豆可防疫”的传言，可谓经典代表作。原来不只非典有地球村效应，非典偏方的谣言更能极速蔓延，横跨地域全球化。

近日台湾盛传，某地有个男婴一出世即能开口，指示说喝绿豆汤可防非典疫症，顿时使得绿豆奇货可居，连产地嘉义朴子都卖断市，冷饮店夜市的冰沙也被抢光，至于喝法则有多种版本，有的说要在晚上十二点前才有效，有的指定要在五月六或七日的深夜喝，有的说不放糖才能防疫，也有的说要加黑糖。这个传言到底怎么来的？

基于好奇，我上网翻查这几日的两岸报刊，发现在同一时间内（二〇〇三年五月八日到十一日之间），这个绿豆谣言也传遍大陆各省，从内陆的山西、宁夏到沿海的福建、广东，遍及农村城镇，同样也引发人群争相抢购、绿豆价格暴涨的现象，而且内容变成“煮绿豆，放鞭炮”，使得一串数元的鞭炮被炒到上百元人民币。各地版本都把男婴本地化，说成在邻近县市诞生。

大概香港疫情渐趋平息，谣言没发挥影响，不过就迅速跳到东南亚，在马来西亚、新加坡、文莱等地流传，内容修订为绿豆汤加棕榈糖，也照样掀起绿豆热潮，即便在尚无非典病例的柬埔寨，也发生抢购情况，金边的绿豆价格被炒高十倍。

而归根究底，绿豆谣言的最早网络版本，应该是五月六日中午搜狐网上一则署名“非典”的讨论区留言，引述朋友来自湖南衡阳县的传言，说某镇有个婴孩生而能言，助产士于是问他什么能预防非典，孩子答要在五月六日凌晨五六点熬绿豆汤喝。“非典”听完后马上就去熬，“宁可信其有，不可信其无，反正喝绿豆又没害处……”

短短数日内，这个传言流窜各地，衍生变异出无数版本，母题却始终一致，关于“非典”的反应，大多数人都表现出典型反应，不管是荒乡村农或是都市中产，反应与心态皆出奇相近，可见这无关民智或生活水平，必定是恐惧与文化根性在作祟。是惊恐封闭了理性阀门、以蒙昧来自我保护？还是我们对荒谬怪异始终预留空间，现代开化仅限于表层门面？

其实在中国传统中，辟疫怪方俯拾皆是，翻开《本草纲目》就历历可见，例如它说“火葬场上土”和葱捣成丸，塞耳系臂可治邪疟。而“冢上土”则主治瘟疫，五月初一将冢土埋于门外阶下，阖家不患时疫。还有什么赤小豆浸井水三日，男吞七粒、女吞十四粒，可保一年无病疫。

相形之下，绿豆汤虽然正常多了，但其原始心态，却仍延续怪方的精神，今人和古人相隔千百年，但认知想象竟然相去不远。一场大难带来各种启示，也让人退回原始，在萨满巫术中惶惶祝祷，喃喃祈福。

·· 私房菜社会学

暗夜里穿进中环的后街，抄过一条粤语叫“长命斜”的上坡路，窄巷口右边有道红门，推开红门进去，灯火暖黄辣香弥漫，和门外的寂黯凄清宛若两个世界。厅里小巧雅洁，仅得三张圆桌，墙上挂着主人王亥的油画，王亥笑脸相迎端出前菜，酸辣凉粉、松子贡菜、麻辣萝卜干、糖醋小黄瓜，平凡的小菜却做得精致可人，小黄瓜看似青绿完整，原来瓜身满布密密环切，得以饱吸浸渍酸甜入味，刀法薄细利落，好功夫。

主菜就更高潮迭起了，口水鸡、粉蒸肉、红烧牛腩、麻婆豆腐，都是家常却考功夫的菜式，调料味浓香足，从微麻、中辣到火辣，层次调性鲜明有致，敢吃辣的人痛快淋漓拍案叫好，不敢吃辣的人虽然龇牙咧嘴，却也吃得停不下筷。不辣的更见功力，“鸡豆花”是把鲜鸡脯细剁，以蛋白炒得滑嫩如豆腐，再投入鲜菇上汤中轻煮使凝结，入口即融清甜香美。

一席吃香喝辣，尾声还有个高潮，主厨的王亥太太王小琼出来，为众宾客高唱大陆民歌，珠圆玉润穿云裂帛，一曲既罢掌声雷动。可惜没法安可，这里每晚要做两轮，下一场九点半的食客已在红门外徘徊，王亥赔着笑脸递上账单，大家只好草草吃掉银耳酒酿糖水，不甘不愿起身离席，都嚷着下次再来，但那还要等上好久呢。

画家王亥和太太都是四川人，常在家做川菜宴款艺坛友好，后来愈做愈出名，闻风慕名者络绎不绝，他们索性开起私房菜馆，取名“大平伙（大锅饭）”，地方也从几年前的窄巷陋室，搬到荷里活道的光鲜大楼，本地人趋之若鹜，连美国和日本的观光指南都将其列为美食胜地，虽然预约后要等上一两个月，食客依然如云，“大平伙”不仅声名鹊起，也带动了饮食风潮。

二〇〇〇年间，香港吹起一股私房菜风，标榜特色的“住家菜”纷纷冒出，大江南北及法意日式皆备，非正式的统计说已有一两百家。这类私房菜没有招牌，一般隐身于陋巷唐楼和大厦住宅里，要靠知味识途的食客相传走告，而且光顾前必先预约订位，有时还要凑齐人数才行。不设菜单餐牌，由店主配合季节时令转换食材款式，收费也按人头而非菜式计算，虽比一般餐馆昂贵，但因为菜色精巧有心思，环境气氛隐蔽幽静，很快风靡了一干中产阶级。

私房菜是中国菜的悠久传统，以往由官府、富商和文人等中上阶层独有，蓄养荟萃并新创调饪精华，可说是厨艺的智库与养成所，随着改朝换代阶层重组流动，私房菜流入民间，渐次滴渗入中下阶层，由私而公普及社会，反过来回馈主流菜式。虽说封建时代早已过去，但近代私房菜的影响仍袅袅不绝，清代的盐商菜和随园菜，民初北京的谭家菜、上海的莫家菜、谭延闿的“组庵菜”、张大千的大风堂菜，都是由私厨小品成为正统菜系的经典名作。

其实早在二十世纪六十年代，香港就流行过私房菜，从大户人家退休下来的老用人，在家做点“捻手菜”招待熟客，顺德娘姨的手艺尤其脍炙人口。然而从二十世纪七八十年代开始，香港盛行大型的连锁酒楼和海鲜酒家，不管婚丧弥月、商业酬酢或社交聚会，一般人讲求气派排场，都在酒楼开席摆酒，对寒酸家常的私房菜自然不屑一顾。再说本地佣工已老成凋零，由廉价的菲佣取代，外食又成普遍的生活形态，私房菜渐成绝响。

然而金融风暴后经济衰敝，普罗阶级少了大吃大喝，中产阶级又已对酒席菜生厌，大型茶楼酒家纷纷倒闭，廉价的快餐店和茶餐厅愈开愈多，食物样式愈趋单调粗陋，消费差距和贫富愈拉愈远，不是五星级饭店的鲍翅餐，就是茶餐厅的烧味饭，在这巨大的落差缝隙，私房菜于二十世纪九十年代末顺势重生。

这一波私房菜和二十世纪六十年代不同，食客主要是商业金融界的专业白领，国籍口味复杂多样，包括近年大量来港的留学生、从欧美澳回流的港人以及有增无减的跨国外派人员，传统的顺德小菜和广东大菜已失去吸引力，他们的“觅食”方向是更道地更新异的口味。香港虽号称“美食天堂”，粤菜口味却长年垄断各省菜系，罕见道地正宗的淮扬或川湘菜馆，这批外地的中产移民促使私房菜兴起，拉阔了“港味”的元素内容。

而除了风味，私房菜重视情致格调，总是布置得温馨素雅，力求有家居感，在长期商业化的制式外食后，更能体己贴身，打动人心。香港素来有“会所（俱乐部）”的传统，私房菜神秘低调、大隐于市，形成一个近似专属特权的小圈子，知味识途者才能取得通行身份，口耳相传品评议论，展示出资讯与口味的阶层优势。所谓私房，其实就是中产阶级的厨房吧。

·· 没有鸡吃的日子

一九九八年的春节，香港人破天荒过了一个无鸡可吃的年，人人摇头叹气食不知味。二〇〇三年的元旦，悲剧再次重演，市场没有活鸡卖，餐厅酒楼做不出贵妃鸡和脆皮鸡，宴席被迫要改菜单，食客怨声载道却又无可奈何，因为令人色变的“禽流感”又来了。

自从一九九七年年底，香港爆发全球首见、由鸡禽鸟传染给人类的“鸡感冒”H5N1以来，鸡瘟就成了港人的漫长噩梦。那年政府大开杀戒全面灭鸡，两天内杀尽全港一百三十万只鸡，其后又停止购入内地活家禽，希望坚壁清野把病毒赶尽杀绝，市民因而有两个多月吃不到鲜鸡，连鸭鹅乳鸽也一概从缺。

但是“禽流感”仍像幽灵魅影般挥之不去，每隔一年半载就卷土重来，港府别无他计，只能磨刀霍霍，不断杀鸡。二〇〇一年五月，又杀了一百多万只，二〇〇二年二月又是数十万只，杀得尸横遍野血流成河，惹来残忍血腥的非议。市民既感怖惧不安，又要忍受没鸡吃的日子，心里很不好过。

几年来风声鹤唳，大家都啧有烦言，每次大兴干戈杀鸡屠鸭，只能治标而难以治本，禽流感显然已在香港扎根，成为如蛆附骨的风土病了。长远之计，港府一直想改变民众的饮食习惯，实施中央屠宰制，街市不卖活鸡只卖宰好的死鸡。然而不仅鸡贩为了生计群起反对，社会大众也不表赞同，因为这对饮食口味的影响太大了。

其实第一次禽流感爆发之后，为防交叉感染，一九九八年初，港府已规定鸡鸭分家，蹼足类的鸭鹅不能零售活卖，一律集中屠宰后才送进街市，所以港人深爱的烧鹅油鸭，早就不是传统意义下的现宰活杀。不过鸭鹅通常经过烧腊卤水的熟制后出售，一般家庭很少买来自行烹理，中央屠宰对消费习惯影响轻微，然而鸡却是普遍的家常食材，料理花式繁多，其中不少菜式都须用现宰活杀的鸡只，才能确保味鲜肉滑，尤其是广东人讲究的“鲜甜”滋味，正如粤菜闻名的清蒸白灼，非用活鱼活虾不可，否则就会失味走样做不成。

广东人嗜鸡，知名的鸡料理诸如家常的豉油鸡、贵妃鸡、葱油鸡，鲜嫩咸香的东江盐焗鸡，雍容美观的金华玉树鸡，镶以虾胶的江南百花鸡，金黄酥香的蒜花鸡，先卤后熏的太爷鸡，做工细致的石榴鸡，佛山名菜柱侯鸡，沪菜改良的砂锅云吞鸡，以香菇火腿入味的香露炖鸡，以及用特殊酱料烧制的南乳吊烧鸡、潮州豆酱鸡等等，洋洋不可胜数，这些菜都要用鲜鸡。只有若干口味浓郁不重鲜味的鸡菜，例如酿鸡翼、北菇蒸滑鸡、菠萝鸡、柠檬鸡片、砂锅红炆的啫啫鸡等，才能勉强以俗称“雪鸡”的冷冻鸡入菜。

所以香港一天要吃掉十万只活鸡，逢年过节，更要倍增至二十余万只，老一辈人认定“无鸡不成宴”，拜神祭祖一定有鸡，还得是头爪俱全的整鸡，而摆酒设宴，更少不得一道红艳美观、意味“鸿运当头”的脆皮鸡，和闽南人过节要吃白斩鸡的民俗相似。

而且广东鸡讲究产地，最有名的是粤北的“清远鸡”和深圳龙岗镇的“龙岗鸡”，二者都是脚嘴皮俱黄的“三黄鸡”，皮爽骨细肉质滑嫩，做成粤人拿手的切鸡油鸡，外脆内嫩特别美味。清远鸡是大陆的国宴菜，以前招待过尼克松和田中角荣；而在港澳，龙岗鸡几乎是白切鸡的代名词。

粤菜治鸡一如蒸鱼，重视滑嫩鲜甜的原味，对火候掌握极其精密，经常以沸汤密焖的“浸”法，而非大火滚煲的方法煮鸡，剁开来骨髓还见红带血，鸡味初熟最为软嫩鲜浓。这和中国各地，尤其是北方的做法颇为不同，反映了南北鸡菜文化的差异。

鸡是中国古代六畜之一，《诗经》《楚辞》多有提及，然而综观各大菜系，似乎没有一个菜系像粤菜般，既多鸡菜又重鲜嫩原味。北方最有名的是先炸后卤、骨酥肉烂的烧鸡，河南道口和山东德州都以烧鸡闻名天下，后来德州鸡的做法传入安徽，使得符离集的烧鸡也脍炙人口。其他如京菜的熏鸡、鸡冻，川菜的椒麻鸡、白果烧鸡，湘菜的东安鸡、左宗棠鸡，鄂菜的瓦罐鸡，滇菜的汽锅鸡，苏菜的醉鸡、叫花鸡和鸡包翅等等，各省鸡菜荦荦大者不过数种，烹理亦以烂熟入味为主，和讲究鲜嫩的广东鸡大异其趣。

值得玩味的是，《诗经》共有八篇提到鸡，但都非论其食味，而是喻写夫妻或思春之情，“风雨如晦，鸡鸣不已”

原先并非歌颂士人气节，而是少女在风雨飘摇的凌晨，终于等到情人的欣喜心情。而北方早期的《齐民要术》辑录了六世纪间黄河流域的饮食民生，其中关于鸡的食谱只有鸡羹、蒸鸡等寥寥数种，远逊于鸭鹅牛羊，可见北方自古以来鸡菜就不发达，遑论鲜嫩求工。

可惜傲视全国、独特卓绝的岭南食鸡文化，经不起禽流感的摇撼摧残，已然面临“风雨如晦”的存亡之秋。香港虽还没施行中央屠宰，却已开始购入内地的“冰鲜鸡”，亦即在深圳屠宰冷藏后当天来港的冰鸡，港人也开始降低标准学着接受，因为大家心里有数，活鸡迟早会在街市里消失，很多鲜甜美味的广东鸡菜，可能亦将逐步式微。

辑四

食物之小道可观

*

这个李尔王式的童话，说的不是爱或误解，是食物与权力的微妙辨证，这关系司空见惯浑然不觉，却是不可或缺的存在，不以外铄的宏观操作调控，而是在舌齿身心间进行的微观政治。

·· 我爱你，就像鲜肉需要盐

老国王吃饱无事，要三个公主讲讲对父亲的爱，大姐二姐说得慷慨激昂声泪俱下，三妹却老实地说："我爱您，就像鲜肉需要盐。"什么，把我比成火腿？盛怒的国王于是撵走三公主，后来被两个不孝女虐待，吃淡而无味的冷肉，终于幡然而悟痛悔大哭，明白谁是真正爱他的。

这个李尔王式的童话，说的不是爱或误解，是食物与权力的微妙辨证，这关系司空见惯浑然不觉，却是不可或缺的存在，不以外铄的宏观操作调控，而是在舌齿身心间进行的微观政治。

最有权力的食物原来不是满汉全席，是无所不在却又难以察觉的盐。苏州作家陆文夫的小说《美食家》里，那个嘴尖舌刁、一生尝尽名菜佳馐的美食家朱自冶指出，做菜最难的不是选料刀工火候，是一个“最最简单而又最复杂的问题”，那就是“放盐”。盐能吊百味，但是把百味吊出之后，“它本身就隐而不见，从来就没有人在咸淡适中的菜里吃出盐味，除非你是把盐放多了，这时候只有一种味：咸。完了，什么刀工、选料、火候，一切都是白费！”

这个饮啄心得卑之无甚高论，却是烹饪本体论的精髓，盐分恰当并不仅指一道菜馐甘咸适口，而须系乎餐席的文本脉络（context），参伍错落以求。而陆文夫借由朱自冶说出的“放盐论”并非创见，清人袁枚的《随园食单》早有明训：“上菜之法，盐者宜先，淡者宜后；浓者宜先，薄者宜后。”随园老人身处钱塘的鱼盐之乡，不愁没有好盐，所以没有细究盐品，其实除了盐量恰适得体，盐的产地和种类，也大有分辨讲究。

我不是美食家，还挺怕那种吹毛求疵、不殚精细的尖嘴刁民，但自从发现盐味的差异后，却无法不讲究这小东西。我们吃惯的餐盐，是精制加碘的结晶盐，不过不失，咸味直统统的没啥个性，一般人也习焉不察。改用海盐、岩盐、井盐来调味，食物滋味并不会摇身一变，大放异彩，然而你的味蕾及舌面周缘，却能灵敏感受到差别，咸味不再平铺直叙，似有光影明暗递变，流泛出深浅不一的层次，而不同的产地及相异的制法，更使盐有各种口感层次与风味。

超市常见的海盐，多半出自英、法，盐味稳重持平，咸味不强而有变化，适合平日烹食，法国布列塔尼半岛的“盐之花（fleur de sel）”，清脆甘香，尤其美味。而意大利、西班牙等南欧一带的海盐石盐，味道就强烈鲜明些，咸性较浓厚，宜于炙烤肉类或是做地中海风味的沙拉与炖菜。

日本盐的品牌最多，价格也最贵，几乎每个岛岸港镇都有土产盐，伊豆大岛产的“海之精”，号称是未经加热的天然海盐，保存阳光、海水精华和丰富营养；靠近热带的冲绳岛，标榜盐味纯净，最有阳光味道；而熊本县的“伯方之盐”，则强调以古代“釜炊法”蒸炼而成，内含的矿物质高达八十种。不过老实说，我觉得日本海盐的味道差异不大，做菜亦不太凸显，但是做盐烤鱼就绝妙，用来腌日式泡菜也不错，有股清鲜的海水香。

日本海和太平洋煎制出来的盐味不一样，地中海和印度洋的盐味也有差别，我买过一种南非来的粗粒海盐 Africa in a Bottle，乍尝咸味厚重，余味却微微带甘，最宜现磨后抹在杯缘，喝龙舌兰酒和玛格丽特酒时舔舐。

美国盐被“莫顿(Morton)”这种大品牌垄断，产品齐一无甚特色，但我买过一种犹他州雷德蒙镇(Redmond)产的 RealSalt，味道却鲜甜得很，据说它是远古海床的蒸发结晶，侏罗纪时被爆发的火山封埋于地底，自然原始免于污染，难怪滋味奇佳，煮简单的菜蔬和汤面时更见本色，能把素淡的原味烘托提吊出来，效果之佳，几乎令人怀疑是否像大陆的调味盐般掺了味精，但那浑然天成的丰富层次，又绝非单调造作的味精能比拟。

此盐唯一的缺点是间杂着红棕晶粒，想必是火山灰，不小心咬到会牙碜，这和我从网上订购来的夏威夷“艾拉欧(Alaea)”红盐，倒有异曲同工之妙，都是掺了泥的自然盐。艾拉欧是夏威夷的火山灰，富含铁质呈赭红，当地人把它与盐掺混，传统上供仪式和药用，现在却成为厨师和饕客喜爱的宠物。

我们已厌腻了雪白柔细的精制盐，现在流行的是粗犷天然的杂色粗盐，就像为盐写了本专著的克伦斯基(Mark Kurlansky)说的：“现代人已受够了化学添加物，宁可回过头去吃泥巴。”用列维-斯特劳斯生食/熟食的对立架构来看，白色精盐与杂色粗盐，分别代表了社会的文化与自然，而从精熟的文化回归粗生的天然状态，涉及的当然不仅是吃泥巴的原始乡愁而已。

历史也真奇怪，人类花了成千上百年追求“吴盐胜雪”的精盐，然后又弃如敝屣改吃粗盐；全世界年产两亿吨的盐，但其中一大半用于道路融雪，只有百分之五用于烹饪调味，然而就在一个世纪前，盐还是得来不易、价格不廉的重要商品，所以被统治者视为维护稳定统一的权力工具，是历史上第一个国家专卖商品，也是最早的国际贸易项目。

中国在史前就已煮海为盐，而公元前七世纪春秋时代的管仲，则始创“官山海、征盐筴”的食盐专卖制度，由国家调节财富分配，实行经济干预，充分利用山东的渔盐之利，造就了齐国的霸业。其后战国的商鞅、西汉的桑弘羊皆沿行专卖制，盐税成为国家财政的主力，汉昭帝时桓宽所著的《盐铁论》，即反映彼时中央集权的盐税政策。

盐政关乎国家富强，但也系于政治风气和经济条件，汉代和唐代的专卖制带来繁荣财政，宋代的“扑买制”把食盐的收购运销悉数交给商人承包，已见豪商垄断的趋势。而晚明和清代的“纲法”就更见弊端，这种“专商世袭”的制度，把食盐产销权交给少数特许商户，世代相承，虽说造就了富庶精致的盐商美食文化，使得淮扬的后人朱自冶深谙食味，然而腐弊丛生，为害社会民生甚烈，间接亦促使政治隳坏，政权动摇。

古今中外皆有盐税，经常流于横征暴敛，黑市私盐应运而生，官方高压严打必导致怨忿骚动，终于演成不可收拾的暴动起义，远的不说，近代就有两个盐税改变了历史的例子。十七八世纪间，法国有套不合理的盐务税制，把全国划为六个不平等的盐税区，每年有数千人因触犯盐法而入狱甚或受死，盐税成为苛政的象征，终于酝酿出十八世纪末的大革命。

印度的独立运动也肇因于盐，十九世纪初英国为垄断印度的盐市，强占盐区和港口，统一进口专卖，严禁私下制盐及交易，民众备受其苦。二十世纪初，甘地发起“盐的真理之战”，他跋涉近月，抵达丹地海边，俯身在海岸拾起一方盐块，象征性打破了英国的禁盐恶法，引发全国的制盐和拾盐运动，最终促使印度自主独立。

盐何止是舌齿间的微观政治，原来还是翻天覆地的权力根源。那位老国王吃过的盐虽比三公主吃过的饭多，可是他从来没想透这点，既不懂权力也不懂爱，被欺骗虐待也算活该。

盐焗鸡

这道广东的客家菜据说起于清代，当时东江的盐业发达，有盐工无意发现，埋在盐堆中腌存的熟鸡，变得质地柔滑咸鲜可口，于是流传家户盛行至今，酒楼和熟食铺处处有之，香港最有名的是东江菜的老字号“泉章居”。

材料当然是鸡（两斤左右）和盐（约半公斤），宜用新鲜土鸡，冷冻鸡不如不焗；盐可丰可俭，但一般餐盐无味，粗盐带苦，我喜欢用粗粒的岩盐，地中海一带产的更好。另备食油、葱花和沙姜粉做蘸酱料。

鸡洗净略烫过，沥干后表皮抹些花雕，鸡腹塞入小半碗盐，以烤纸或纱布包妥。盐炒至微黄，将包妥的鸡埋入盐堆，加盖以小火焖烧约二十分钟后，把鸡翻面再焗约十五分钟，熄火后不掀盖，继续焖一阵，使盐的热力深入肉质。炒盐可循环再用，以此法做盐焗鱼或盐焗大虾亦佳，但须酌减时间。

·· 米酒、伏特加与二锅头

一九九七年，台湾加入世贸组织的谈判失利种下祸根，近年来米酒风波不断，从抢购囤积、黑市炒卖、拿着户口簿排队配售，到二〇〇二年底涉及十几起人命的假酒慌，米酒风暴成为台湾社会的怪现象，对经济和民生带来巨大冲击。

米酒深入生活脉络，本来是最亲切体己的家常食材，如今却充满苦涩疑虑，成为杯弓蛇影的毒源祸水，归根究底是当年谈判未能解决“烈酒”与“民生品”的认定歧义，会议桌权力败北，惨遭强国横加高昂酒税，弄得厨中灶下民不聊生，带来连串痛苦后果。

自古以来，酒就是权力物资，很早就像盐或铁一样被列为专卖品，由国家集权操控管制，而国际贸易兴起后，酒税更是重要的经济攻防堡垒，禁酒或增税总是惹来重大的社会风潮，引发黑市、走私及假酒的地下经济甚至出现犯罪集团，影响广泛深远。冤枉的是，米酒其实不是酒，是台湾人开门的第八件事，和柴米油盐酱醋茶一样是民生必需品，重要性可能还更胜一筹。

如果缺了米酒，就无法炮制出道地风味的台菜，除了做不成麻油鸡、姜母鸭和羊肉炉之外，还有很多药膳和小吃都会失色走样。诸如米糕、四神汤、三杯鸡、炖土虱、枸杞鳗、药炖排骨、麻油腰子、当归鸭或烧酒鸡。如果没有米酒，就少了韵味神采，即使简单的炒菜，例如麻油川七都受影响，没有酒香烘衬吊味，滋味平庸黯淡，了无光彩。

而没有米酒的“切身之痛”， 早在米酒风暴很多年前，我已提早领略过了。

离乡在外，要去张罗油盐酱醋，伦敦的华埠有“金味王”台式酱油和大陆绍兴酒，做三杯鸡勉强对付过去，可是买不到台湾米酒，想做麻油鸡和当归鸭就头痛了，偏偏我喜欢吃麻油鸡，但每次回台老远只能捎回一两瓶，省吃俭用，也很快坐吃山空，想到在台湾煮鸡酒时一口气倒三瓶米酒，豪奢得不忍回首。用过广东米酒又效果奇差，有股怪劣的酒精味，滚煮后的鸡汤还带微酸，简直难以入口。

弹尽粮绝时，有次干脆把半瓶喝剩的贵州茅台拿去煮，风味居然颇佳，我于是灵机一动，想到何不用醇度相当的伏特加呢？一试之下果然对路，虽比不上台湾米酒做出来的醇厚芬馥，却也几可乱真，英国的伏特加便宜，从此我的“伏特加麻油鸡”就成了招牌，不只同乡朋友常来光顾，连隔着两个花园的英国邻居都闻香而来向我要食谱。不过三天两头去杂货店买伏特加，却被售货员当成酒鬼，有次她还婉转劝过我呢。

搬到香港后问题又来了，香港的伏特加贵得很，又乏台湾杂货，连台式酱油都遍寻不得，遑论台湾米酒，我又做不出麻油鸡和三杯鸡了，幸好台港相隔咫尺，常有亲朋来来去去，只好托人带米酒来，被人讪笑也顾不得了。

近几年米酒缺货，我也隔岸受到波及，青黄不接时，只好回头再去试广东米酒，香港有十来种米酒品牌，然而我用遍玉冰烧、糯米酒、九江双燕、珠海中山各厂牌，烧出的菜色还是无香乏味，不禁颓然而叹。幸亏后来发现“北京红星二锅头”，五十度辛辣醇烈的白酒，调理效果不输伏特加，价格廉宜可以狂用，加点玫瑰露提味助香，总算又找到米酒的代用品。

一番征逐追寻的米酒历程，说来是微不足道的饮食小事，却让我深入体会到它不可取代的独特性，所以在我心目中，米酒成了台湾文化的具体象征。据说台湾米酒用的是本地米，并采“白麹法”酿制，和大陆制法不同，所以风味殊胜，但更重要的是，我早已深深认定米酒料理的正统味道，家乡味的地位难以取代动摇，毕竟我们世世代代不知已喝下多少米酒。别的不说，光是以前母亲坐月子吃麻油鸡，把米酒变成乳汁哺育我们，米酒就可以说是我们的奶水，深深渗入我们的体质血液之中。

台湾的米酒料理独树一帜，在各省菜系中绝无仅有，当年和美国人谈判时，据说我方也曾摆出满桌米酒佳馐，又带着美方代表上纱帽山吃烧酒鸡，不知是美国人无法领略赏识，还是倨傲无知不想理解，使得政治强权压倒文化传统，订下不合理的约章。毕竟米酒料理的家乡味，不足为“外”人道，而其文化意义丰富庞杂，更非一两顿饭能表述清楚。

就说麻油鸡，它不只是产妇的补养食品，还有民俗与性别的含义。老一辈的人相信织女化身的“七娘妈”是幼儿孩童的守护神，农历七夕要用麻油鸡和油饭拜祭。此外，家里的房中床边，也有冥冥中看顾儿童的“床母”，亦须以麻油鸡拜谢。客家妇女生子十二日后，要送麻油鸡回娘家报喜，亲戚则以鸡和补酒相赠。台南民俗则有“做十六岁”的成人礼，要准备七大碗麻油鸡去“开隆宫”答谢七娘妈，感谢她长期照护孩子平安长大。

麻油鸡意味着生育，因此我爱吃麻油鸡常被人取笑坐月子，朋友干脆说：“你又不生小孩，哪有资格吃麻油鸡？”以往的农业社会，麻油鸡是父权的恩赐酬庸，只有恪尽生产天职，完成繁殖使命的女性才能享用；幸亏生在现代，我这种一无所出的女人才能面无愧色地大啖麻油鸡。

·· 我们的饕餮时代

已经第四盆了。我的手指好像上了发条，不断拣起盆里的爆米花，机械般扔进嘴里，酒吧里烟雾弥漫，大荧幕里播着曼联对曼城，踢得拖泥带水毫不紧张，我却还是拼命嚼着爆米花，脑中嗡嗡闪动乱码。爆米花的味道不怎么样，大约是老早爆好再用微波炉加热，送上没多久就软韧起来，因为不脆而更具挑衅性，我狠命把它们咬破嚼烂，觉得自己像一头冬天被迫要啃干草的老牛。渐渐把那玻璃盆嚼得见底，黑黝黝的微光下，侍应不知为何总能发现，立刻递上一盆新的，一盆吃完又一盆，无限免费供应，很快我就堕入陷阱，喝完黑啤又叫长岛冰茶，一杯杯愈喝愈亢奋，但也愈愤怒。

我气自己的手指不听使唤，反射动作一样把爆米花送进嘴里，我气舌头牙齿都没出息，明知道老韧粗粝毫不可口，却还是来者不拒无力抵御，大脑一直发出警告，斥责这是粗食，这样的吃法是堕落。可是手和嘴才不理它，自顾自堕落下去。然而愈堕落并没有愈快乐，无能为力演成自暴自弃，我因这可怕的爆米花完全瘫痪，源源嚼出强烈的愤怒与虚无。我忘了那晚一共吃掉几盆爆米花，但决定以后再也不去那家酒吧了。

我不必被送去勒戒爆米花，可是实际上已经触犯了七宗罪里的饕餮罪，用狂吃贪食来转移烦恼，填补压力在生活中碾出的坑坑洞洞。我很内疚，向朋友告解，却惹来她一阵狂笑，说我发神经小题大做，如果吃零食是饕餮罪，那么除了喝奶的婴儿，全世界都是罪人惯犯，末日审讯要大排长龙，这辈子可能还轮不到我呢，光一个美国就够上帝忙的了。

是啊，我真是少见多怪，零食已经是这个时代的必需品，地无分东西南北，人无分男女老幼，从清早到深夜，都有人在嘎巴嘎巴咬着爆米花，咔嚓咔嚓吃着薯片，囫囵吞着魔芋果冻，青筋毕现嚼着鱿鱼丝，意乱情迷舔着巧克力，呼噜呼噜灌着可乐果汁。吃零食是酷，是炫，是有品位，是欢乐时光，是赶上潮流，是表现真我，深受别人欢迎——哎呀呀，这些我都没有，因为我的零食通常是家里的煮花生和烤饼干，毫无抗体和免疫力，难怪几盆爆米花都招架不住。

以前吃零嘴是小孩的专利，还会被人讥为馋嘴猫、爱吃鬼，颇不光彩；成人只有喝闷酒的时候剥花生，看电影的时候啃鸡爪吃鸭头，要不就是孕妇才有理直气壮的吃零食机会。现在却情势逆转全面解放，大人小孩都毫无愧色大吃特吃，全民一起回到口腔期，不管是为了解馋、疗饥、减压、无聊、上瘾，还是惯性动作，零食已经深入生活的结构与意识里，台湾的零食市场一年高达一百亿台币，如果把速食、泡面和糕面包点等都算上，还要暴增几倍。

各种新奇的口味花样不断出笼，看看超市和量贩店里的零食货架，五光十色满坑满谷，数量远远超过果菜鱼肉等生鲜食品，米面主食就更瞠乎其后了。对了，这年头到底什么是主食，什么是零食？小时候妈妈总是说，正餐之前不可以吃零食（其实正餐之后和之间也不行），但是这条原本清楚严明的分界线，现在逐渐变得漫漶模糊，甚至互相错位了。泡面、热狗、寿司、饼干、薯条、炸鸡排、优酪乳、微波的虾饺和烧卖，到底是主食还是零食呢？

吃零食不仅是台湾的全民运动，也是蓬勃兴盛的全球运动，不论经济好坏，业务一直稳定成长，景气好时消费者出手爽快，景气坏时大家吃得更凶，更需要从这小东西上得到迅速的麻痹或者慰藉。香港中文大学的调查就发现，香港有八成上班族生活在压力下，近四成人会以饮食来缓解压力，其中有百分之五十七是女性，多半会以喝汽水、吃糖果或巧克力等零食来减压。

美国的情况更明显，根据美国营养学协会(American Dietetic Association)的统计，九一一事件之后经济虽然跌到谷底，但零食的销售量却增加了百分之十五。而美国便利店的销售统计也发现，九一一之后的十八个月间，便利店的冰淇淋一扫以往的迟滞不前状态，销售量增加了将近百分之十二。可见创伤过后，大家又回头抱紧冰淇淋桶，寻求这古老的安慰剂。此外，美国速食业在九一一之后曾经滑落，如今又重新回升，二〇〇二年的营业额高达四千多亿美元。

这些增长数字看似是好消息，其实潜藏着阴影，因为与此同时增长的还有烟酒和药物的滥用，失眠和焦虑等症状的药物处方，而美国癌症学会(American Cancer Society)的调查更发现，九一一之后，有四分之一的美国成人开始或恢复抽烟、酗酒，染上不良的饮食习惯。所以零食速食和冰淇淋销量高涨，不是因为品味或者欢乐，极可能是疗伤止痛的避难所，以脂肪窒息焦虑，用糖浆淹死忧伤；酗可乐酗咖啡直到醺醺然，在口腔的满足快感里暂忘现实，让强烈的甜蜜或者辛辣麻痹所有感觉。

社会愈衰敝，对零食的渴求愈强大。近例有九一一，远例是二十世纪八十年代初期，当时美国经济萧条，破产自杀此起彼落，但薯片和玉米片的销量突飞猛进，成长惊人。更早的例子则是二战期间，由于管制油糖，糖果成了难得的奢侈品，爆米花的需求于是大增，消耗量比战前暴涨了三倍。奇怪的是，即便现在糖果已价廉易得，爆米花的销量却也不见衰退，美国人一年要吃掉十亿磅的爆米花，出口海外的微波玉米更不计其数，戏院和酒吧的爆米花十之八九是美国货，已经成为世界性的仪式食物，就像球赛已经和啤酒、薯片及热狗分不开了。

不管欢乐或痛苦，热闹或孤寂，我们都要零食，有人认为零食是最好的朋友，有人甚至觉得，冰淇淋和薯片带来的满足不下于性爱，而且无须承诺与责任。零食产业像异形般日益壮大，蚕食吞噬各个阶层地域，不只打发闲暇对付压力，还逐渐侵入餐桌取代主食。根据美国零食协会(Snack Food Association)几年前的统计，美国人一年吃掉的零食超过三百亿美元，其中咸点（包括薯片、玉米片、爆米花、乳酪饼、扭结咸饼等）占了将近七成，而肉干及各种补充热量的糖条巧克力棒(energy bars)，销量更是增长迅速，原因与美国人忙碌的生活形态有关。不仅上班族常以零食果腹，连大学生亦然，美国零食协会最近的一次调查发现，美国大学生吃薯片，主要原因竟然是为了充饥、没时间吃饭、获取热量，只有极少数是为了社交和减压。

矛盾的是，谁都知道零食有害无益，多数是高糖、高盐、高脂的垃圾食品，会引发肥胖、糖尿病和心血管疾病，甚或异变致癌，可是能抵挡诱惑的人愈来愈少，美国平均每人一年要吃十公斤零食，消耗量是二十年前的两倍，而二十年前美国只有两成人口体重超标，现在却有超过六成，每四个人就有一个属于痴肥，每年因肥胖相关病症而死的有三十万人。不只美国多胖子，台湾也有将近五成的人超重，大陆有四成，香港有两成半，全世界加起来，至少有十亿人超重。

零食与速食改变了饮食结构，扭转了人类社会与生活形态，美国开始意识到饕餮带来的深巨影响和惨痛代价，近几年兴起了反对垃圾食物的社会运动，例如耶鲁大学“饮食与体重失调中心”的主任凯利·布劳内尔（Kelly Brownell），就鼓吹开征“垃圾食物税”，建议每磅零食和每罐汽水收一分钱税金。布劳内尔是研究肥胖的权威，他认为在人性弱点和商业洗脑下，不健康的食物充斥周遭，造成“毒食环境（toxic food environment）”，社会大众应该拿出反烟的战斗态度，政府亦应政策介入，补助健康食物，向垃圾食物抽重税，并规管针对儿童的零食广告。

布劳内尔的呼吁虽然深得各方响应，然而也有人批评，这是食物的PC运动，不顾个人选择自由，以公权力介入规管，武断判定食物好坏，不但执行困难，而且不免落入法西斯心态。反烟经历了漫长岁月才得到今日成果，但如果要对垃圾食物宣战，难度恐怕将百倍于反烟，因为放纵贪吃毕竟是原始人性，每个人都充满了危险潜能。

再说，垃圾食物早就和正常食物勾搭掺混，沆瀣一气，打开抽屉和橱柜，你能清楚分辨吗？你确定正常食物没有垃圾成分吗？还有，你会不会狂噬暴食，把正常食物当成垃圾食物吃呢？

·· 薯片的时空版图

童年的回忆，总是和零食有关。爆米香的砰然巨响令人兴奋，砰完之后拖着一大包米香回家，满足得像拥有了全世界。寒冬深夜，卖面茶和杏仁茶的小摊发出呜呜悲鸣，烤番薯的人甩着竹筒嘎嘎作响，听了不馋，反倒感到一股莫名的凄切。小学时去北投参观森永牛奶糖工厂，参观完毕每人发一小盒牛奶糖，全班欢声雷动，那股甜浓的奶香味和纯朴的幸福感，到现在还挥之不去。

食物是最深刻的记忆与认同，像基因一样嵌织着一套复杂的暗码，标志着个人的性别、血统、地域、社会阶级和成长历史，组合排列出独特的印记。近年来“年级说”甚嚣尘上，每个年级的人都在归纳比对，寻觅自我成长与社会递变的形塑关系，零食尤其是重要的辨识线索，有鉴于怀旧情绪“民气可用”，“古早味”的复古零食遂伺机而起。凉烟糖、冬笋饼、猪耳朵、方块酥、蜜番薯、淡水鱼酥、猪脚贡糖、冬瓜茶、黑松沙士……这些以五六年级生（二十世纪六七十年代生人）为主力的怀旧零食，不仅牵引出青春乡愁，并且再现了地域文化的认同，个人史和集体回忆合流，具有多重的消费意义。

本土零食风的兴起固然有其社会含意，然而从产业的观点而言，这只意味着开发出新商品，命中了新的消费族群，并未动摇取代主流的全球性商品，喝惯可乐的人偶尔喝喝沙士，吃牛舌饼的人也并未放弃薯片，地域化和全球化齐头并进各展所长，相互渗透伪装，全面包抄覆盖，以时间换取空间，让全球化逐渐植根为本土化，侵入地域文化的记忆脉络。而且怀旧也是有使用期限的，当四五年级生（二十世纪五六十年代生人）在讨论哪种口味的“乖乖”最好吃时，六七年级生津津乐道的，却是波卡、品客或者芝多司的回忆。

其实波卡、品客或者芝多司也是古早味零食，不过是美国人的“古早”而不是我们的。薯片是全球销售量最大的零食，和汉堡可乐一样皆是美式文化的代表，也都以跨国企业运筹帷幄，品客出身于清洁家品的巨擘“宝洁”，波卡和芝多司则出自世界最大的零食公司“乐事”，行销全球近四十国，每年为母公司百事可乐赚得的利润高达十五亿美元。从乐事的发展策略可以一窥薯片是如何以全球化穿透地域，再以地域化来壮大全球化的。

薯片发源于美国纽约，有一百五十多年历史，很早就是零食商品，盛行于新英格兰。二十世纪二十年代有个推销员赫尔曼·雷（Herman Lay）把它引进南方，并且创办了自己的品牌“乐事”，二十世纪六十年代他和得克萨斯州的大厂“菲利多（Frito）”合并，成为首屈一指的品牌，旗下的芝多司、乐事薯片、多力多滋玉米片（Doritos）三强鼎立，乐事占有美国一半以上的薯片市场，而且不断推进海外市场，规模日形庞大。

而这庞大的体型就像压路机一般为乐事披荆斩棘开疆辟土，它的策略很简单：买下当地的零食厂牌，如果买不成，就用雄厚的资本和行销把它打垮，然后低价接收。乐事充满骄傲自信，一方面因为跨国商品的经济规模，远非地方小店能望其项背，遑论对打竞争；另一方面乐事挟带美国优势和全球概念，令人联想到时髦创意的跨文化、全球共通的信念和品位。

他们调查过，如果要在本地零食和薯片之间挑一样，大部分国家的消费者都会选薯片。迄今为止，乐事已成功打进约四十个国家，所向披靡战无不克，它的心诀就是全球化的概念和行动(Thinking globally, acting globally)。

乐事的标志是红色横幅外加一轮黄日，前者意味欢庆，后者象征全球共通，高举着这个普天同庆的红旗，它展开万里长征。乐事不会贸然去开发新市场，它通常会找已有零食产业基础的地方登陆，长驱直入当地的领导品牌，如果那品牌卖的也是薯片，那就先把红旗黄日的企业标志挂上去，等消费者浸淫日久，等闲惯见后再改名认祖归宗。乐事在英国收购的Walkers、墨西哥的Sabritas、南非的Simba，都是这种“背红旗”的例子。

至于对薯片不熟悉的市场，乐事就会开发本地口味，研创改良产品，例如在印度，乐事一开始推出的是种“过渡”性质的咖喱脆薯饼，希望培养一般人的认知和喜好，为薯片铺路“接轨”。另一方面，乐事也顺应当地口味，开发出胡椒、番茄等新产品，卧底假扮本地化。

而不同的地区需要不同的策略，乐事就像其他的跨国公司一样，必定聘用熟知国情文化的当地精英来做行销。例如在土耳其，乐事到处派发薯片的食谱小册子，教人午餐除了吃鲔鱼三明治之外，还可以配一包薯片。而在新近攻入的大陆，乐事的广告则是一片片削制马铃薯的情况，让人明白薯片是怎么来的，而且把对象锁定在城市里的年轻女性，因为他们发现女性能带动男性的消费，销售量果然突飞猛进，二〇〇二年增长超过百分之五十。

乐事长年夸称它的滋味“令人难以抗拒”，然而让人真正无法抗拒防御的，原来是它的超级体型和霸权，它沿着地域空间蚕食时间历史，不只成为你的脂肪，还终将化为你的记忆认同——然而我念念不忘的森永牛奶糖，又何尝不然？这个世界，还有不含权力成分的零食吗？

·· 外卖年菜，解放内人

腊月过了一大半，我什么年货也没办，只买了漳州水仙头回来养，趁着天气好，一盆盆搬到阳台晒，已经抽出小骨朵。平时，我热衷于烹调烧煮，喜欢囤积食物，把冰箱堆满存粮才感到安心，然而逢年过节，我却一反常态意兴阑珊，不太想买菜下厨，对于家事充满了抗拒，那是来自记忆底层的反动不满。一回想起以前母亲置办年货、准备年菜的辛苦经历，就让我兴味索然，对我来说，“年”真的是一头噬人的怪兽。

小时候过年，一两个月前就要开始准备，过程冗长烦琐，母亲要去几次迪化街、南门市场甚至批发的中央市场采买年货，准备年礼送人，然后要蒸年糕、萝卜糕和发糕，年糕还做红糖和白糖两种，往往要蒸上整整两三天，屋里弥漫着甜香，但气氛却是严肃紧张的。母亲深信做年糕的过程关乎来年运程，所以有诸多忌讳，我们要小心回避不吉利的话，不能说红的白的，要说金的银的，偶然冲口而出就要挨骂。

等到过年前一周开始做年菜，母亲已经近于歇斯底里，经常焦躁不安地喃喃自语："工作比猫毛还多，工作比猫毛还多……"围炉的年夜饭上，她累得没什么胃口。过年期间，我们来回吃着预先制备的熟食年菜，母亲虽然可以清闲些，我们却抱怨不绝，因为数度回锅的菜味愈来愈差，尤其是那盆炖得黄烂烂的长年菜，而且剩菜塞满冰箱，半个月都吃不完，成为深刻的不快印象。

等我自己做了主妇，我决定为所欲为，用自己的方式做年菜，我做寿司、煮瑞士火锅、烧墨西哥菜、烤肉、吃素斋，或者根本不做，出国旅游吃馆子；但我却开始体会到母亲的辛劳与焦虑。她一点也不喜欢那些年节家事，然而在深重的传统习俗和社会压力下，一个普通的家庭主妇完全没有选择。因为隔壁的林妈妈、陈太太还有小阿姨和三婶婆，都在忙着同样的事，那个年代不是没有现成的年糕和菜馐可买，可是既浪费金钱又会被人取笑，人家——尤其是同性的亲友会在背后议论，"伊勿晓煮吃，真没路用"。至于浪费和懒惰等"无好女德”的行径，就更受讥评鄙视了。

曾经过年不但无须自己灌香肠、晒腊肉、蒸年糕，连年菜都有人代劳，近年更出现宅配年菜，佛跳墙和炖排翅可以像比萨饼一样送上门，稍加翻热处理，须臾就能摆出满桌好菜，不必耗费数周的时间心力辛苦炮制。近年来，除了超市和便利店，量贩店、百货公司、知名的大饭店和一般的酒楼餐馆，都铆足全力投身年菜厨房，五味纷陈，馔香四起，食客的反应也非常热烈，几家超商的年菜很快就被预购一空，超市和便利店卖出的年菜高达六七万套，堪称炙手可热。

这当然是中馈主妇的福音，这年头外食成风，平日要上班少下厨的“无饭主妇”，哪有奢侈的时间和心情埋首厨房，去整治那些手工繁复的大菜？即便有心，厨艺可能早已生疏荒废，锈迹斑斑，难以精确处理复杂的程序烹技，一只蹄膀足以七荤八素折腾整天。至于像我母亲那样的纯家庭主妇，平日已为三餐忙得团团转，过年还要劳力密集工作量暴增，因烦生厌无法好整以暇，也难以做出精致新颖的年菜。

而外卖年菜不仅方便省事，还由名厨操刀配膳，例如统一超商找了“阿发师”施建发设计台式年菜。OK 便利店由廖小琦掌厨制作药膳料理，大润发更和高档的馥园餐厅合作，比起一般煮妇的工艺，当然更为专业考究。而且菜系选择丰富多样，饭店和餐厅除了有台式、沪式、粤式、川式等外卖中菜，还推出意式、欧式、日式和泰式的异国年菜，围炉可以大啖法国鹅肝、德国烤猪脚或者香茅酸辣鱼，令人耳目与胃口皆焕然一新。

年菜变得机动化、专业化和多元化，内容也趋向清淡少量的轻食化，不再大鱼大肉，浓郁厚重，这个潮流毋宁是可喜的，妇女得以缓解家事的焦虑和负担，家人也无须一成不变，苦吃年年有余的剩菜。过年是农业时代的遗迹，然而随着社会形态的蜕变，附着在年节食物上的传统意义也受到冲击，逐渐松动脱落。

现代的市场经济彻底改变了我们的生活形态，工作日和休假日的分野，取代了过去的季候节庆，过年的意义规模早已日见萎缩。而全面就业扭转了传统的性别分工，女性再也不必孜孜专精于女红和庖厨，即使社会观念依然认为供应食物是女性的责任，但要求标准已大为宽松，外食外卖和现成食品满盈充斥，女人无须下厨做饭已能喂饱家人。厨艺是兴趣爱好而非本分天职，偶尔弄些家常小炒可添情趣，但是繁复费时的菜式已属专业技术，应该交由商业的分工代劳。

当然有人要感叹年味淡薄，今不如昔，因为再也没有“母亲的味道”可供咀嚼回忆。年节食物是家庭的凝结与联系，而女性制备食物的劳力，以往被视为伦理美德，是奉献付出的爱意体现(Labour of love)，然而这母性和家庭的讴歌，却是一厢情愿的男性观点，以柔情包裹铁手，榨取家务劳动的剩余价值，抹灭了女性的主观意愿和心情。

我们早就不要求男人盖房子、捕野猪，怎能还要女人采集食物、红烧蹄膀？如果你还是念念不忘，那么就自己下厨进行爱的劳动吧，不要嘟嘟哝哝跟家里的女人说，这是“你们的事”。

·· 蒜烤古典与油煎阳光

她聪明，漂亮，出身高贵，知书达礼，却也任性叛逆，她爱上一个浪荡的有妇之夫，和他私奔远走。他们买了一条船，逃离阴寒的英国，航向温暖的地中海，畅游晴丽的岛屿和港市，欢享着热恋和暖风，那是一九三八年，她二十五岁。

翌年二战爆发，这段海上罗曼史随之破灭，她经历一番波折，辗转于南欧和北非，在开罗做过资料研究员，然后嫁给一个军官，从桂恩小姐（Elizabeth Gwynne）变成大卫太太（Elizabeth David）。她跟着丈夫派驻到印度，然而她不怎么爱他，那婚姻是一时的意气冲动。在德里大病一场之后，她决定结束多年的放逐流浪，整装回英国老家。

一九四六年，她回到阔别八年的故乡，战后的英国萧条贫乏，没有新鲜的果菜牛油，只有配给的硬饼和罐头咸肉，寒风夜雨中，她住在湿冷的小旅馆，强烈地想念南方，那灿丽的阳光、熟艳的瓜果、芬馥的酒汁蜜浆，还有香浓的炖肉和烤羊……为了抒发思念，她拿出纸，写下在地中海吃过和做过的菜，画饼充饥，以丰馥的回忆来对抗现实的贫瘠。

天啊，你竟然用橄榄油做菜

一九五〇年，这本《地中海风味料理》(A Book of Mediterranean Food) 在伦敦问世，那年她三十七岁。当初满怀浪漫远飏他方，她并未料到，地中海没带来恒久的爱情，却改变了她的命运。她在食物里找到炽烈的爱恋，那终生的热情像肉香般从厨房泌出，弥漫厅堂穿透宅院，逐渐扩散到社会，感染了整个时代的心灵和味觉。

这本洋溢着蒜味和阳光的书，改变了英国人的口味感官，也创新了烹饪书的典范，对二十世纪的食物书写发生莫大影响。原来食谱除了鸡蛋三个、奶油一百克，酱汁配方和餐巾折法，还可以是优美的游记、雅致的随笔、丰富的民族志和生动的田野札记。

英国菜不可口，有太多笑话和嘲谑足以佐证，然而那里却也有容乃大，让我见识到各种异国吃食，深受启发。二十世纪九十年代初，我在伯明翰和伦教读书，学会用中东的白面饼（pitta）蘸食鹰嘴豆泥（hummus），知道吃希腊的葡萄叶卷（dolmades）不必剥掉叶子；我迷上意大利的水牛软酪（mozzarella），摩洛哥的蒸麦粉（couscous），土耳其的串烤肉（shish kebab），普罗旺斯的炖蔬菜（ratatouille），西班牙的辣肉肠和番茄冷汤，还有希腊的莫萨卡（moussaka），那是茄子片和碎羊肉层层相叠，夹以碎洋葱及番茄膏，再淋上蛋糊撒以豆蔻烤成的，浓稠香软，微微的羊膻带着骚动的性感。

一九九二年的某一天，我在学校食堂吃午餐，一边嚼着莫萨卡，一边看报纸，匆匆瞄过她病逝的新闻，“最有启发性和影响力的美食作家，对英国文化贡献厥伟……”那时我并不知道，就是这个叫伊丽莎白·大卫的女人，以如诗的文笔，把南方的香气引来北方，让我深受其惠，在街巷小馆和学校食堂，随处能吃到莫萨卡、串烤肉和葡萄叶卷，享用地中海的丰实与芬馨。

五十年前的英国，哪有这些馥郁滋味。从十九世纪的维多利亚时代，英国人就拒斥一切强烈刺激的气味，不用大蒜和新鲜香草，鱼鲜多半烚得腥淡无味，蔬菜一概煮得死去活来，橄榄油只有药房卖，瓶上标明“只供外用”。当年有个女孩买了这本地中海料理，喜滋滋打电话跟母亲说，她正用洋葱和橄榄油做菜，却把她母亲吓得惊叫起来。老派的英国人顽固守旧，认定外国食物污秽不洁，异乡风味皆是怪力乱神，对那母亲来说，女儿的鲁莽举动无异于用消毒药水煮臭丸，实在太恐怖了。

伊丽莎白的这本地中海料理的书，以及她接下来写出的《法国乡村美食》《意大利菜》《夏日美食》和《法国地方美食》，启迪了英国人对南方风味的认识，激发了他们对“乡土菜”的兴趣，原来外国菜并不可怕，意大利菜并非蒜味刺鼻，法国菜也不只是煮蛙腿和煎鹅肝。英国的主妇着手学做南欧菜，杂货店逐渐出现鳀鱼、茴香、罗勒、杏子和无花果；还有愈来愈多的餐馆和小吃店，照着伊丽莎白的食谱，做出清新可喜的南方菜。

伦敦的空气中开始飘出柠檬香和番茄酸，一场口味的文艺复兴运动，悄悄在唇齿间开展，那可不只是异国情调的时髦风潮。新鲜的滋味从鼻舌渗入心智，经由感觉结构冲击到理性认知，激荡了文化与思想。地中海菜唤醒了英国人的味蕾，松动了宗教的压抑和传统的隐讳，逐渐翻转了老旧的生活态度，烹饪和饮食原来不是糊口维生，而是美妙庄严的身心仪式。苍白的盎格鲁撒克逊人，由此汲取到新元素，采南补北，把拉丁的奔放和中东的秾丽，吸纳为滋补文化的新养分。

焖烧兔肉的生活脉络

伊丽莎白是近代饮食文学的女王，然而她的书写引发的不是食欲馋涎，而是深层的渴望悸动，那不是一般食谱能做到的。英国人不擅烹饪，却有深厚的食谱传统，当法国的男性大厨挥洒创作时，英国的淑女名媛则埋头撰写食谱，伊丽莎·阿克顿（Eliza Acton）和比顿夫人（Mrs. Beeton）在维多利亚时代出版的家政书，迄今仍被奉为经典。然而伊丽莎白和她们不同，她不是那种端坐深闺的女人，守着磅秤和量杯，一板一眼写下食谱配方，忠实记录持家心得。

她逃离家庭，挣脱阶级规范，行脚天涯周游各地，勇于冒险体验，深入风土人情，阅历各种生命情境，她特立独行，是那个时代少有的女性旅人，有如班雅明所说的“漫游者

（flaneur）”，游走于地域和阶级的边缘，然而没有男性的愤世惫赖，纯以女性的直觉感官去参与领略。她把文学、食物与旅游熔冶一炉，食谱不再是单薄的技术手册，而是丰富多元的立体文本，食物被还诸历史时空，放回生活的脉络里，不只是吃什么，还有怎么吃，用什么盛，配哪些东西，在什么地方，颜色怎样，温度和声音如何，又有什么典故沧桑。

有这么多要说，可是她的文体干净，用字利落，把做菜说得生动又简单，寥寥数句就点出气氛神韵。你看，她写“火烤红鲻”，短短四五十字，过程、诀窍和吃法都齐备了：

用火烤洗净的红鲻（不要去掉鱼肝），烤时淋一点橄榄油。茴香切碎混入牛油并挤几滴柠檬汁，烤好的鱼就蘸这茴香牛油吃。

然而她写西班牙的海鲜大锅饭（paella），则花了数页篇幅，详细介绍材料、做法和不同版本，然后出其不意来上一段“锅景”，乡间餐馆的情味立即跃然纸上：

……到了下午很晚的时候，亦即名不符实所谓的“午餐时间”终于结束时，就会见到一排金属煮饭锅。大小齐全，擦洗干净闪闪发亮，一行行紧排在一起，摆在厨房外面或中庭里等太阳晒干。

她见识广，观察入微，博闻却又严谨，笔法雍容而精准，有人形容她的文风“糅合了女教师和贵妇的气质风华”，不过我认为，她更像民俗采集者和人类学家。

看看《野兔和家兔》那一章，根本是一则乡野的人类学笔记，写得华丽丰盛，沦肌浃髓，让人读得心醉神驰。尤其是那道她从史料中刨出的“酒焖葱蒜兔肉”，长达七页，细煨慢炖剁料滤汁，极尽繁复精微之能事。老实说，就算能猎到那种“头和四肢有点刚健之姿”的法国野兔，我也绝不想用这方法烧兔肉，但这道食谱实在太精彩了，既豪犷又细腻，充满强悍的乡气和执着，从中可以一窥地中海的精神原貌。

地中海是否变浅了

然则地中海精神又是什么？不只英国人，大概全人类都觉得地中海旖旎浪漫，有蓝白屋子和明媚阳光，葡萄美酒和甜橙香柑，灿亮星空和希腊神话，适合放逐逃逸、休养归隐，如果不成，至少该去度假散心。大半个世纪以来，文人和艺术家络绎前来，追寻创作与心灵的桃花源，海明威、菲茨杰拉德、达雷尔、D.H. 劳伦斯，还有对伊丽莎白影响最深的诺曼·道格拉斯(Norman Douglas)，都受过地中海灌顶膏沐，在作品里留下棕榈树影和橄榄油渍。

而有关地中海的风物、旅游和美食书，在书市早已满坑满谷，二十世纪九十年代后，彼得·梅尔的《山居岁月》，弗朗西斯·梅斯的《托斯卡纳艳阳下》，更掀起新一波地中海热，吸引更多人南来朝圣，盘桓长居。这批雅痞优痞或者所谓的布波族，较诸半世纪前的文人，当然更为轻盈愉快，他们找寻的桃花源多半与心灵无关，主要是为了纾解与享乐，地中海舒怡随兴的生活方式，鲜香美味的料理酒食，更受推崇礼赞。

除了享乐，还有健康。近年的研究发现，地中海菜常用的番茄、青椒、大蒜、洋葱、葡萄酒和橄榄油，有减肥防癌、降血压抗氧化之效，宜于驻颜健身，养生防老。文化上本已得天独厚，清新美味再加上健康，使得地中海菜越发政治正确，成为料理中的显学。然而我总感到，在番茄和橄榄泛滥的菜馐中，在薰衣草和普罗旺斯的漂亮图片里，地中海好像变得平浅了，有些东西渐渐稀淡甚至流失了，它不该如此轻柔浮泛，美丽简单。

在浪漫化的热潮中，这本书就显得更加深刻立体，光影鲜明如希腊石雕。说真的，这些半世纪甚至百年前的菜谱，有不少大块文章令人踌躇却步，除了那道酒焖葱蒜兔肉，还有什么用猪头熬的希腊碎猪肉冻，以牛油洋菇镶填的波尔多烧鹅，加了培根肉肠猪脚一起焖炖的白豆什锦砂锅，还有一整条塞满了大蒜和鳀鱼的羊腿，扦烤后用大量蒜汁配食……哎呀呀，这要如何上手，又怎么下箸呢？

咸风和月桂味的古典主义

以现代眼光来看，这本食谱不够“新速实简”，既无精美照片，又没详细的步骤图解，做工麻烦口味浓重，不够正确健康；但我觉得，这种古意盎然的厚重风味，正是原汁原味的地中海精神，朴拙而刚烈，奔放但又执拗，混合了农民、水手和诗人的气质，夹杂着咸风和月桂味。那种老式风情毫不温馨甜腻，绝不是“阿嬷的味道”，而是雄浑壮丽的古典主义，意兴酣畅淋漓，即使做不来，读着也痛快过瘾。

诺曼·道格拉斯说得真好，“人活得愈久，就愈了解到，没有什么是天天吃得来的菜”。在这速食轻食的世代，我们只顾着锱铢计较时间与热量，不免歧路亡羊，逐渐遗忘了食物的原始风味，唯有在老式的菜谱食经中，才能拾回料理的精微奥义。

对台湾地区乃至亚洲来说，老派英国人对异乡菜的恐惧，我们恐怕很难理解。因为在我们的文化中，地中海是中产阶级的憧憬梦幻，非仅浪漫，还镀上一层耀眼的欧西光环，法意料理早被热烈拥抱，希腊和西班牙菜也大行其道，而街头和夜市，还有中东烤肉和土耳其冰淇淋。然而这饮食的横向移植，多半由美、日中转而来，偏于率意与简化，再经过传抄或改良，益趋失真走样。这本老派的地中海食谱，正可带来新的思考，古典主义或许厚重，却能让我们跳脱皮相，回归原始神髓。

伊丽莎白的书写，启发了无数名厨与食家，她的影响力不只遍及英国，也跨洋传到美国，尤其是风土与地中海相近的加州。半个世纪以来，她的著作长销不坠，入门者认为她写得浅白简易，内行人则喜欢她丰富隽永，细腻耐读；无论厨艺深浅，前来扣鸣的读者都能从中获益。旧金山名厨沃特斯（Alice Waters，她的餐馆Chez Panisse以有机食材及地域风味著称）说得中肯，“我每次重读伊丽莎白·大卫的书，总能在细节里发现新灵感，她的文字让我充满感觉”。

我只是普通的食物爱好者，但也深有同感。十多年来，我经常翻读伊丽莎白的书，不管是为了学做焦糖布丁或马赛鱼汤，为了找东西查资料，或纯粹只为耽迷享受，每次拿起来就放不下，总是看得入迷，不时发现可喜的新意。

好的食谱是经典，历久弥新，跨越地域与文化，可学师，可闲读，可怡情，可借鉴，随着时间日久，滋味愈加深酽。伊丽莎白·大卫一生只写了十本书，都经得起时代洪流冲刷，成为饮食文学的经典。捧读她的书，我们学到的何止是做菜？

新出图证（鄂）字 03 号
图书在版编目（CIP）数据

饕餮书 / 蔡珠儿著 . -- 武汉：长江文艺出版社，
2019.10
ISBN 978-7-5702-1130-2

Ⅰ . ①饕… Ⅱ . ①蔡… Ⅲ . ①散文集—中国—当代
Ⅳ . ① I267

中国版本图书馆 CIP 数据核字（2019）第 109897 号

著作权合同登记号：17-2019-155

本著作物经厦门墨客知识产权代理有限公司代理，由联合文学出版社股份有限公司独家授权北京时代华语国际传媒股份有限公司，在中国大陆出版、发行中文简体字版本。

责任编辑：张莹莹　　责任校对：许　罡
封面设计：吉冈雄太郎　　责任印制：张　涛

出版：长江出版传媒　长江文艺出版社
地址：武汉市雄楚大街 268 号　　邮编：430070
发行：长江文艺出版社
北京时代华语国际传媒股份有限公司　（电话：010-83670231）
http：//www.cjlap.com
印刷：唐山富达印务有限公司

开本：880毫米 ×1230 毫米　1/32　　印张：5.5
版次：2019 年10月第1版　　2019 年10月第1次印刷
字数：113千字

定价：45.00 元